Straeon Siesta

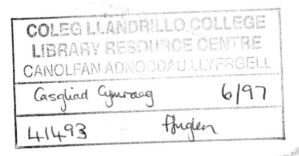
Argraffiad cyntaf: Mawrth 1997
℗ Hawlfraint y casgliad: Y Lolfa Cyf., 1997

Diolch i *Taliesin* am gael cynnwys 'Mr a Mrs Tiresias' gan Siân
Prydderch Huws ac i *Golwg* am gael cynnwys stori
Twm Miall, 'Ma' 'Na Ham yn y Ffrij'.

Llun y clawr: Ruth Jên

Rhif Llyfr Rhyngwladol: 0 86243 409 2

Cyhoeddwyd yng Nghymru
ac argraffwyd ar bapur di-asid a rhannol eilgylch
gan Y Lolfa Cyf., Talybont, Ceredigion SY24 5HE
e-bost ylolfa@netwales.co.uk
y we http://www.ylolfa.wales.com/
ffôn (01970) 832 304
ffacs (01970)832 782

Rhosod a Chwyn

GOL. DELYTH GEORGE

CYNNWYS

Rhosyn Coch

WILIAM OWEN ROBERTS

DWI'N GWBOD y chwerthwch chi. Cyn imi agor 'y ngheg, cyn imi ddeud dim byd wrthach chi... Dwi'n gwbod y chwerthwch chi. A dwi wedi cael mwy na llond bol, i chi gael dallt, o do, achos ma' hyd yn oed rhywun fel fi yn cyrraedd pen ei dennyn ac yn gwylltio'n gudyll weithia... Dwi'n siarad efo rhyw ddarlithwraig ifanc mewn parti, hitha newydd ddechra tocio'i thymor cynta... "A be'n hollol di'ch gwaith chi 'lly?" ... Dwi'n cogio peidio'i chlywad hi... A ma'r sgwrs yn mynd rhagddi... A toc mi fydd hi'n holi, "Ma'n ddrwg gin i, ond ddalltis i'm be ddeudoch chi..." ... Fydda inna'n mwngial... Ond yn hwyr neu'n hwyrach, ma' nhw i gyd yn siŵr o ofyn eto, a mynnu cael gwbod pa fath o waith yn union, ac efo ochenaid, dwi'n gorfod cyfadda...

Glana chwerthin wedyn a bysadd tros ddannadd yn gwasgu'r gwichian... A ddim rhyw chwerthin ffwrdd-â-hi, rhyw biffian chwerthin chwaith, ond chwerthin mewn anghrediniaeth, y math o chwerthin sy'n gwyro i'w hun ac yn mynnu gofyn,

"Be?" Oherwydd fod pob hyder yn chwalu fydda i'n clywad fy hun yn deud, "... Wyddoch chi, er enghraifft, be ydi'n gwariant blynyddol ni?" Ac ma' nhw'n gwasgu gwefusa ac ysgwyd pen ar ogwydd dro, y gwydryn gwin gwyn ar y foch. "Wyddoch chi fod £1,892,000,000 yn cael ei wario yn flynyddol ar Iechyd?" A ma' nhw'n agor eu llygaid yn fawr ac yn deud, "Na." "O, ydyn, ydyn, a £635,000,000 ar Dai... Heb sôn am £166,000,000 ar Ddiwydiant a Chyflogaeth..." Dwi'n gwbod wrth imi siarad fod pob gobaith yn ildio. Ond waeth imi gyfadda ddim, mae gen i ryw wendid am ffeithia.

Ac i chi gael dallt, dwi'n mynd i Japan fory hefo'r Ysgrifennydd Gwladol. Ydi, o'i roi o fel'na dwi'm yn ama nad ydi o'n swnio'n grand. Dyn lwcus, clywa i chi'n deud... neu y clywa i bobol hŷn yn 'i ddeud, achos 'mod i, yn eu tyb nhw, wedi landio fy hun mewn 'chwip o job'. Ond tasach *chi* wedi treulio chwe wythnos yn sboncio o gwmpas dinasoedd Gogledd America hefo'r Ysgrifennydd Gwladol yma a'r Ysgrifennydd Gwladol cyn hwnnw, mi alla i'ch sicrhau chi a'm llaw ar fy nghalon nad hwyl ydi o i gyd o bell ffordd. Ond ma'r hedfan di-baid 'ma dros Gymru yn waith llafurus iawn. Leciwn i weld sut flas fasa ar ych pen-ôl chi wrth gerddad allan i gyntedd ar y pedwerydd llawr a deugian ar derfyn naw awr o ddal pen rheswm hefo Bwrdd Rheoli Bosch wedi i chi fod ar eich glinia yn eu darbwyllo nhw i agor ffatri ym Miskin. A'r rheini'n hefru ac yn rhuo a ninna'n porthi pob gwybodaeth heulog bosib e.e. y grantia lleol sydd ar gael, parodrwydd y gweithlu i weithio oria hir, oria hyblyg, shifftia o bob sut a modd, eu cas nhw at undeba, a pha mor ddiolchgar ydyn nhw am unrhyw fath o waith ar ba bynnag delera y carech chi, Herr Bosch, syr, weld yn dda i'w trefnu... A fedra i'm dechra deud wrthach chi am yr helynt geuthon ni hefo Rheolwyr Panasonic yn Hiroshima, ond stori arall ydi honno... (Ma'n ddrwg gen i, ond ma'n *rhaid* imi gael ei ddeud o: ond wyddoch chi fod 'na dros 40 o gwmnïa Japaneaidd yng Nghymru? Y clwstwr mwya ar unrhyw randir yn Ewrop? Yn cyflogi 12,000 o bobol, merchaid yn bennaf? Ond ma'n siŵr bo chi'n hen gyfarwydd â'r ffaith yna'n barod, tydach...?)

Ma'r tocyn awyren i Japan ym mhocad fy nghesail i. Dwi'n gallu'i deimlo fo'n rhwbio yn erbyn fy nheth dde i wrth imi sioncio o'r Swyddfa Gymreig heibio i'r Llysoedd Barn... Allwch chi ddyfalu pam, tybed? Wel, i chi gael dallt, mi rydw i wedi bod yn llythyru hefo merch ifanc. Wedi mynd i ryw bwl o iselder o'n i wedi'r holl ferchaid a fuo'n chwerthin am 'y mhen i a'r holl deithio diddiwadd 'ma o hyd ac o hyd i bedwar ban y byd, hyd nes y ces i'r syniad un noson o osod hys-bys bach yn *Y Dinesydd*. Ddigwyddodd dim byd am ryw bedwar mis hyd nes imi gael llythyr un bora wedi'i sgrifennu mewn Cymraeg gogleddol, mewn llawysgrifen daclus iawn. A dweud y gwir, o graffu arni yn fanwl doedd hi ddim yn rhy annhebyg i lawysgrifen Syr Wyn Roberts, ac am eiliad ro'n i'n rhyw feddwl ei fod o wedi cael gwynt o 'mwriad i, ac yn tynnu coes. Fasa fo ddim mo'r tro cynta, achos dwi'n cofio bod yn y bar 'ma'n Bangkok (pan stopion ni dros nos ar y ffordd i Taiwan), ond stori arall ydi honno a dwi'n dechra crwydro rŵan...

Rydan ni wedi bod yn llythyru ers chwe mis, (36 llythyr gen i, 35 ganddi hi). Olwen ydi'i henw hi. Ma' hi wedi gwrthod datgelu'i chyfenw. Dim ond Olwen. A dim llun, dim ond pymtheg ar hugian o lythyra a'r rheini'n ogleuo o ryw sebon sent ysgafn. Mmmmm. Rydw i'n brysio heibio i Siop Lyfrau Oriel rŵan achos mi rydan ni, ar 'y nghais i, wedi trefnu i gyfarfod am y tro cynta heddiw, cyfarfod yn y cnawd fel petai. (Dwi wedi cerddad o'r Swyddfa Gymreig i Orsaf Ganolog Caerdydd bob awr ginio wythnos yma, a heb chwysu rhuthro, mi fedra i ddeud wrthach chi a'm llaw ar fy nghalon, tasach chi fyth ar hast i ddal trên mai pedwar munud ar ddeg a chwe eiliad ar hugian union ydi hi yno y ffordd fyrraf. Felly tasach chi'n neilltuo ugain munud i chi'ch hun, mi fyddwch yno mewn da bryd i godi ticad a phrynu rhyw lyfryn neu beth bynnag sy'n mynd â'ch ffansi chi...)

Rydw i'n brasgamu trwy'r farchnad dan do rŵan. Y rheswm y mynnis i gyfarfod â hi oedd oherwydd y ffaith syml – go drapia! ffaith eto! rhaid imi beidio sôn am *ffeithia* byth a hefyd – paid, paid, paid – (rydw i'n rhoi peltan i 'nwy foch) oedd 'mod i'n methu byw yn fy nghroen o feddwl am fynd i Japan fory a'i gadael hi ar ôl yma heb hyd yn oed ei chyfarfod hi. Pum wythnos o fyw a bod hefo'r Ysgrifennydd Gwladol? Ond yn waeth fyth, yr Ysgrifennydd Gwladol ac Uned Economaidd Dramor y Swyddfa Gymreig yn siarad yn y ffordd ma' Unedwyr Economaidd yn siarad, ac yn waeth fyth eto, y ffordd ma'r Ysgrifennydd Gwladol yn siarad? Fedrwch chi ddychmygu gwaeth artaith? Dwi'n berson digon niwtral, yn naturiol... ond wedi deud hynny, ma' rhai petha'n mynd ar eich nerfa chi o bryd i'w gilydd, yn does? Mi fasa peidio â gweld Olwen wedi bod yn ddigon amdana i ac roedd yn rhaid imi drefnu i'w chyfarfod hi. O leia, mi fyddwn ni wedi torri'r ias wedyn a gobeithio y lleddfith hynny rywfaint ar boen y trip a rhoi rhywbeth i edrach ymlaen ato fo ar ôl dychwelyd, yn lle'r fflat gwag 'na sgen i yn y Tyllgoed. Ac eto – ydw, ydw, dwi'n gwbod be sydd ar eich meddwl chi... Rydach chi o'r farn 'mod i'n cymryd cam go fawr heddiw, yn tydach? O fwrw i'r dyfn fel hyn, o drefnu i'w chyfarfod hi? Achos be tasa hi a fi ddim yn...? A sut faswn i'n teimlo o orfod mynd i Japan wedyn...? Ia, dwi'n gwbod, dwi'n gwbod... Ond wedyn, fel deudodd Syr Wyn wrtha i yn ei fawr ddoethineb yn Detroit un tro, "Be ydi serch ond gambl...?"

Pedwar munud ar ddeg ac un – dau – tri – pedwar – pump – chwe eiliad ar hugian a dwi yno. Ond does 'na'm golwg o neb arall. Reit. Pwyllo. Sadio rŵan. Sadio. Sadio. Chwartar i un. A chwartar i un gytunon ni yn y llythyr. Tydi serch, tydi canlyn y gobaith o gariad yn gneud y petha rhyfedda i rywun...? Hyd yn oed i ddynion niwtral... Dwi'n disgwyl. A dwi'n dal i ddisgwyl. Ma' hi'n ddeng munud i un rŵan a does dim golwg o neb hefo rhosyn coch... Na, hannar eiliad... ma' rhywun yn dŵad. Oes. Ar fy marw. Ma' rhywun yn tynnu ata i... Merch ifanc benfelen hefo rhosyn gwyn yn ei llaw... A ma' hi'n sefyll yn y pen pella oddi wrtha i... Ma' hi'n rhyw giledrych arna i a 'dw inna'n naturiol yn rhyw giledrych arni hitha... Ond, yn anffodus, gwallt du sydd gan Olwen a rhosyn coch gytunon ni'n y llythyr dwytha...

Be wna i? Ma' hi'n bum munud wedi un rŵan ac awr ydi awr ginio... Waeth imi dorri'r garw a chodi sgwrs hefo hon ddim... Ac yn swil braidd... (Wel, dowch 'laen, hefo rhosyn coch yn eich dwrn sut fasa *chi*'n teimlo?)... Dwi'n rhyw how ddeud 'helô' ac ma' hitha'n gwthio'i gwallt o'i gwynab... A 'dan ni'n dechra siarad... Ond 'dach chi'm yn mynd i goelio hyn: trwy gyd-ddigwyddiad rhyfadd, wedi trefnu i gyfarfod â rhywun o'r enw Gary yma ma' hitha... A 'dw inna'n sôn wrthi am Olwen... O droi y rhosod yn ein bysadd, rydan ni'n dau'n cydymdeimlo â'n gilydd, biti mawr, chwith garw, hen dro ac ati... I chi gael gwbod, Melanie ydi ei henw a ma' hi'n deud, "Neis eich cwarfod chi" a finna'n atab, "Neis eich cwarfod chitha hefyd" ... Ma' hi'n ugain munud wedi un ac amsar yn sleifio heibio heb i ni sylwi... A wyddoch chi be?... (Do, 'dach chi wedi dyfalu'n barod, yn do...?) A waeth imi fod yn onest a chyfadda ddim, ond mi rydw i'n cael fy nhemtio'n arw... Ma'r galon niwtral wedi cynhesu at y ferch rhosyn gwyn er 'mod i wedi bod yn llawn dop o ferch y rhosyn coch ers misoedd...

Dwi wedi 'ngwasgu mewn cyfyng-gyngor. Dwi wedi fy hollti nes 'mod i'n crynu. Dwi mewn gwewyr. Dwi mewn poen...

Wedyn: dwi'n cofio am yr holl gariad sydd ar fin ei wireddu yn y llythyra, y pymtheg ar hugain ohonyn nhw... Ac eto, ma' merch y rhosyn gwyn a finna'n gneud yn *champion* hefo'n gilydd, yn cyd-dynnu'n wych. O, tasach chi'n ein gweld ni'n chwerthin a siarad yn fa'ma – fedra i'm dechra disgrifio sut dwi'n teimlo, rydan ni'n bartneriaid perffaith, mor berffaith â... wel, be? Dwi 'di mopio cymaint alla i'm hyd yn oed meddwl am gymhariaeth... mor berffaith â'r Swyddfa Gymreig a Bwrdd yr Iaith... yn gweld lygad yn llygad ar bob dim, yn rhannu'r un plesera, yr un diddordeba, yr un dyheada, yr un math o ddelfryda, yn *gomplement* gwych i'n gilydd... O, bobol bach! Dwi'n cael fy nhemtio i roi lluch i'r rhosyn coch... ond, yn anffodus, ma' merch y rhosyn gwyn yn sbecian ar ei horiawr ac ma' hi'n gorfod mynd...

Yr eiliad o brysur bwyso: rŵan hyn neu ddim! *Rŵan hyn neu ddim! Stopia hi! Deud rhwbath wrthi hi! Deud! Deud!*

Ond ma'r gwas sifil ynof fi yn sibrwd, 'Paid'.

Rhydd ferch y rhosyn gwyn edrychiad llawn ochenaid imi... Tasach chi'n gweld ei hedrychiad hi mi fasa'n ddigon â thorri'ch calon chi am byth. Ma' hi'n ffarwelio'n drist... Yn symud draw a hanner troi i giledrych dros ei hysgwydd am y tro ola cyn plethu a darfod i'r dorf... A ma' hi wedi mynd. Ac rydw i'n teimlo mor fflat... Fedra i'm dechra deud wrthach chi sut dwi'n teimlo... I lawr yn y gwaelodion... Dwi'm yn credu imi deimlo mor drist â hyn yn fy myw erioed... Fel tasa 'na ryw bwll chwaral wedi'i agor yn nwfn fy stumog i... A dwi'n sbecian ar fy oriawr ac ma' hi bron yn hanner awr wedi un... A'u breichia wedi'u plethu ar eu brestia, mae dau yrrwr tacsi yn fflemio ar y pafin... Rhacs a blêr ydi hi yma mwya sydyn... 'Drychwch o'ch cwmpas mewn difri calon ar y trampod a'r weinos hefo'u poteli seidar mewn bagia brown... Hogan ifanc draw'n fan'cw a'i llgada hi'n sbinio o ddrygs... Hwrod Casnewydd ar fusnas amsar cinio... Y byw sy'n marw... Y llanast a'r 'nialwch... A thrwy'r colomennod budron ma' gwraig dros ei hanner cant yn cerddad yn araf tuag ata i hefo rhosyn coch...

"Eurwyn?" medda hi.

"Olwen?" meddwn inna, yn teimlo fel y gellwch chi ddychmygu.

"Chwara teg i chi, mi arhosoch amdana i..."

"Do," yn teimlo'n hollol *hollol* swp sâl.

" 'Drychwch," medda hi, "ma' 'na hogan ifanc draw'n fan'cw wedi gofyn imi roi hwn ichi."

Dderbynnis i'r rhosyn coch a brasgamu draw at y Burger King lle roedd Melanie yn eistedd ar y stôl uchel a Florida o wên ar ei gwynab hi.

"*Olwen?*" meddwn inna.

Mi roddodd ei breichia am fy ngwddw i. Ac mi lapis inna 'mreichia amdani hitha a syllu i gannwyll ei llygaid hi. Ac mi gusanon ni. Cusanu a chusanu a chusanu hyd nes yr oeddan ni'n sgrechian chwerthin a gwichian yn wirion bost... A chafodd y tocyn awyren i Japan fyth mo'i ddefnyddio, gyda llaw, ac mi ddylsach chi fod wedi bod yn Gatwick drannoeth, ma'n debyg, i glywed yr Ysgrifennydd Gwladol yn mynd trwy'i betha...

Cerdyn Santes Dwynwen

DAFYDD MORGAN LEWIS

CERDDODD HELEDD EINIONA yn dalog drwy byrth yr ysgol uwchradd ac ar hyd y coridorau i ystafell y Chweched. Syllai'r merched iau yn llawn eiddigedd ar harddwch yr eneth ifanc hon. Llai edmygus oedd yr olwg yn llygaid ei chyfoedion. Fe wyddent hwy yn well am yr oerni a'r uchelgais oedd yn cuddio y tu ôl i'r prydferthwch.

Er tegwch, roedd Heledd Einiona yn ei hadnabod ei hun cystal â neb. Ar y cyfle cynta byddai'n cefnu ar yr ardal wledig hon lle cafodd ei magu ac yn ei heglu hi am y Brifysgol yng Nghaerdydd. Cymraeg fyddai ei dewis bwnc, ac er ei bod yn gwybod yn iawn fod rhagorach adrannau yn Aberystwyth a Bangor, i un oedd â'i bryd ar ddilyn gyrfa yn y cyfryngau, y brifddinas oedd y nod. Gwyddai fod y bobl a roddai hwb i'w huchelgais yn cymdeithasu a diota yn y Cameo a Chlwb Ifor Bach.

Un a fynnai'r gorau iddi ei hun fu Heledd Einiona erioed. A'i phennaf gorchest yn yr ysgol hyd yn hyn fu cael ei hystyried yn gariad i Rhys Llywelyn. Ef

oedd y prif fachgen a buont yn 'mynd allan' efo'i
gilydd ers bron i flwyddyn bellach. Mae'n wir na fu
pethau'n rhy hawdd dros y tri mis diwethaf. Collasai
Rhys ei fam yn yr hydref ac fe effeithiodd hynny ar
ei iechyd. Collodd ddiddordeb ym mhob dim ac aeth
yn fewnblyg a digalon. Cafodd orchymyn pendant
gan ei feddyg i orffwys ac nid oedd Heledd Einiona
wedi gweld cymaint â hynny arno yn ystod y cyfnod
hwn. Gan nad oedd yn dod i'r ysgol byddai hi'n ei
ffonio'n gyson a theimlai'n siŵr (er mor anodd oedd
y sgwrsio ar brydiau) fod y galwadau wedi bod o
gymorth iddo. Erbyn hyn, perthynai'r dyddiau tywyll
hynny i'r gorffennol, diolch i'r drefn. Heddiw, a
hithau'n ddiwrnod Santes Dwynwen, roedd Rhys
Llywelyn yn ôl yn yr ysgol. Roedd ganddi hithau
gerdyn arbennig o gariadus ar ei gyfer.

Yn anffodus nid oedd Rhys wedi cyrraedd ystafell
y Chweched, a gadawodd hithau'r cerdyn yn y blwch
oedd wedi ei neilltuo ar ei gyfer.

Dewis cyrraedd yn hwyr wnaeth Rhys Llywelyn y
bore hwnnw. Edrychai ymlaen at fynd yn ôl i'w wersi
ond nid oedd mor barod â hynny i gyfarfod â'i
gyfoedion. Gwyddai hefyd ei bod hi'n ddiwrnod
Santes Dwynwen ac ofnai yn ei galon i Heledd
Einiona wneud rhyw ffys fawr ar gownt hynny. Mewn
gwirionedd nid oedd yn edrych ymlaen at ei
chyfarfod o gwbl. Bu'r sgyrsiau ffôn rhyngddynt yn
ystod ei salwch yn artaith. Waeth iddo gyfaddef ddim
fod y berthynas rhyngddynt wedi bod yn straen o'r

dechrau. Roedd hi'n hen bryd iddo ddweud fod popeth drosodd rhwng y ddau ohonynt.

Pan gyrhaeddodd ystafell y Chweched, roedd pawb arall wedi mynd i'w gwersi. Darganfu'r cerdyn Santes Dwynwen a gwthiodd ef i'w boced heb edrych arno. Yna aeth i'r llyfrgell i ddarllen.

Drwy lwc gallai osgoi Heledd tan y gwersi Cymraeg ddiwedd y prynhawn. Cymraeg oedd ei hoff bwnc, ac Iestyn Harries, yr athro Cymraeg, oedd yr athro gorau yn yr ysgol. Bu'n bennaeth adran ers dwy flynedd ond edrychai'n hŷn na'i wyth ar hugain gan fod ei wallt wedi britho'n gynnar. Roedd Heledd Einiona wedi dweud wrtho rywdro mai llygaid Iestyn Harries oedd y rhai mwyaf trawiadol yn y byd i gyd.

Yn dilyn y sylw hwnnw dechreuodd Rhys yntau sylwi arnynt. Ni welodd eu tebyg erioed. Llwyddent i gyfleu mŵd yr athro i'r dim. Ar adegau byddent yn llawn direidi, bryd arall roedden nhw'n angerddol ddwys, ac o dro i dro rhoddent fynegiant i ddicter a siom. Cyfareddwyd Rhys gan y llygaid hyn.

Yna un diwrnod pan oedd y dosbarth yn trafod y nofel *Sarah Arall* fe gymerodd y drafodaeth dro annisgwyl fyddai'n newid gweddill ei fywyd, er na allai Rhys gofio bellach pwy ofynnodd y cwestiwn tyngedfennol.

"Ydy Aled Islwyn yn hoyw? Dyna ddarllenais i yn *Golwg*."

Cyn i Iestyn Harries gael cyfle i ateb roedd Delwyn Jones, un o'r disgyblion, wedi cychwyn traethu'n

ffyrnig yn erbyn hoywon. Roedden nhw'n aflan a
gwyrdroëdig ac yn gyfrifol am ledaenu AIDS. Yn wir
roedd Delwyn o blaid sbaddu'r cwbwl lot fel na
fyddent yn peryglu cymdeithas.

Ni welwyd y fath bandamoniwm mewn dosbarth
Cymraeg erioed, gyda rhai yn cadw ochor Delwyn
ac eraill yn ei gyhuddo o fod yn ffasgydd anoddefgar.
Cadw'n dawel wnaeth Rhys Llywelyn, ond sylwodd
fod Iestyn Harries wedi anesmwytho'n lân ac wedi
gwrido hyd at fôn ei wallt. Ni welodd Rhys neb erioed
yn edrych mor anghyfforddus. Yna, sylwodd eilwaith
ar yr athro Cymraeg. Yng nghanol y rhialtwch i gyd
roedd Iestyn Harries yn syllu'n daer i fyw ei lygaid
ac fel pe bai'n gofyn iddo am gefnogaeth yng nghanol
y cythrwfl. Er na allai ddweud dim, ceisiodd Rhys
gyfleu â'i lygaid yntau ei fod yn deall yn iawn. Yn y
munudau hynny, tra oedd pawb arall o'u cwmpas
yn gweiddi a chega, y dechreuodd y naill a'r llall ddod
i adnabod ei gilydd, er nad oedd yr un ohonynt wedi
yngan gair.

O'r diwrnod hwnnw ymlaen bu'r ddau yn cyf-
athrebu'n gyson â'u llygaid. Digwyddai hynny'n aml
pan roddai Delwyn Jones fynegiant i'w ragfarnau.
Meddai ar stôr amrywiol ohonynt, llawer wedi eu
trosglwyddo iddo gan ei dad, gohebydd papur
newydd hynod o adweithiol.

Gallai llygaid yr athro Cymraeg ei anesmwytho
hefyd. Cofiai ddawns y Chweched yn yr hydref,
ychydig cyn marwolaeth ei fam. Dawnsiai Heledd

ac yntau ar ganol y llawr pan deimlodd y llygaid treiddgar hynny'n llosgi ei war. Safodd ar ei union a throdd i edrych ar Iestyn Harries. Roedd llygaid hwnnw'n ei gyhuddo o fyw celwydd. Llifodd ton o euogrwydd trosto a cherddodd ar ei union allan o'r neuadd gan adael ei bartner syfrdan ar ei phen ei hun yng nghanol y dawnswyr gwallgo. Drachtiodd yr awyr iach yn ddiolchgar cyn penderfynu ei bodio hi am adre ar ei union er ei bod hi bron yn hanner nos ac wyth milltir o daith o'i flaen.

Wedi i Rhys fod yn gorffwys am rai wythnosau yn dilyn marwolaeth ei fam, derbyniodd alwad ffôn gan ei athro Cymraeg. Gofynnodd hwnnw a oedd hi'n iawn iddo ddod i edrych amdano. Ni fu Rhys cyn falched o weld neb erioed. Treuliasant y diwrnod cyfan yn cerdded yn y wlad o amgylch fferm ei dad gan siarad bymtheg yn y dwsin am gant a mil o bethau dibwys.

Yna daeth ymweliadau Iestyn Harries yn ddig-wyddiadau wythnosol. Byddent yn cerdded y mynyddoedd, mynd am dro yn y car neu'n trafod llenyddiaeth. Soniodd Iestyn am y tro hwnnw y bu iddo gyfarfod tad Delwyn Jones mewn siop lyfrau fawr yng Nghaerdydd. Bytheiriai yn erbyn yr holl lyfrau Saesneg ac Americanaidd oedd ar y silffoedd. Peryglent y diwylliant Cymraeg, meddai, a than-seilient hynny o annibyniaeth barn oedd ar ôl gan y Cymry. Ceisiai tad Delwyn gyfyngu ei ddarllen yn yr iaith fain i lyfrau oedd wedi eu cyfieithu i'r Saesneg o ieithoedd eraill. Nofelau o Ewrop neu America Ladin.

"Ond, weli di," meddai Iestyn, "rydw i'n gallu uniaethu'n haws â gweithiau Edmund White, David Leavitt ac Andrew Holleran na dim arall sy'n cael ei ysgrifennu. Maen nhw'n fwy perthnasol na phymtheg canrif o draddodiad llenyddol Cymraeg. Pe bai'r prifathro yn fy nghlywed yn dweud hyn fe gâi ffit biws. Fe fyddai'n fy nghyhuddo ar ei union o wyrdroi eich meddyliau er fy mod i wedi bod yn Saunders-aidd deyrngar i'r winllan a roddwyd i'm gofal erioed. Ti ydy'r cynta i gael gwybod mai tipyn o sgeptig ydw i yn y bôn. Ond dyna ni. Yn fy marn i, hoywon America sy'n ysgrifennu'r llenyddiaeth fwyaf cyffrous yn y byd heddiw, ac mae AIDS wedi rhoi min ychwanegol ar eu gwaith."

Dro arall trafodai Iestyn waith Aled Islwyn, Siôn Eirian a Mihangel Morgan. Soniai am y sîn hoyw yn Aberystwyth a Chaerdydd a'r dawnsio gwallgo yng Nghlwb X ac Exit. Hogiau ifanc oedd yn gorfod byw oddi mewn i gyfyngiadau'r gymdeithas heterorywiol o'r naill ddiwrnod i'r llall yn dod draw gyda'r nos ac ar benwythnosau i droi'r byd a'i wyneb i waered. Roedd yna ysbryd tanddaearol yno, meddai. "Ar ôl i ti orffen dy lefel A, a dathlu dy ben blwydd yn ddeunaw ym mis Mehefin, fe gawn ni fynd i Gay Pride yn Llundain. Mae o gryn dipyn yn fwy cyffrous na'r Steddfod Genedlaethol. Er y byddai'r Orsedd yn cael croeso twymgalon yno, mae'n siŵr gen i."

Yn raddol daeth ymweliadau Iestyn â'r afiaith yn ôl i fywyd Rhys. Bellach gallai oddef galwadau ffôn Heledd Einiona hyd yn oed. Tra oedd hi a phawb arall o ran hynny yn tybio mai marwolaeth ei fam oedd wrth wraidd ei anhwylder, fe wyddai ef yn wahanol. Bu marwolaeth ei fam yn brofiad enbyd, mae'n wir. Gwylio'i chroen yn melynu a'i chorff yn crebachu wrth i'r cancr ei llarpio a'i lladd. Pan ddaeth yr angau hirddisgwyliedig roedd y cyfan yn rhyddhad. Fe allai fod wedi ymddiried yn ei fam, mae'n siŵr. Siawns y byddai hi wedi deall y cawlach o emosiynau oedd yn ei gorddi. Pan roddodd hi ei breichiau esgyrnog amdano am y tro olaf a'i siarsio i dorri ei gwys ei hun mewn bywyd heb falio dim am neb, fe synhwyrodd ei bod hi'n gwybod yn iawn beth oedd ei benbleth heb iddo ddweud dim wrthi. Ond tipyn o dasg oedd dod i delerau â'r holl bethau oedd yn digwydd iddo ar hyn o bryd. Prin y gallai ymddiried yn ei dad, ac yntau'n dal i alaru ar ôl ei wraig. Drwy lwc roedd Iestyn yno i helpu.

Cafodd gyfle i sôn wrtho am ei unigrwydd eithafol. Wedi'r cwbl, am flynyddoedd fe gredai mai ef oedd yr unig un yn y byd i gael ei ddenu at ei ryw ei hun. Mae'n rhaid fod hynny'n bechod anfaddeuol. Ni allai gyfaddef hyn wrth neb *byth*. Drwy lwc nid oedd ganddo unrhyw un o'r nodweddion hynny yr oedd rhywun yn eu cysylltu â phobl hoyw. Roedd o'n gawr o ddyn, dros chwe throedfedd o daldra, a meddai ar lais gwrywaidd dwfn. Chwaraeai rygbi a phêl-droed ac fe'i dewiswyd yn Brif Fachgen – arwydd pendant ei fod yn boblogaidd ymysg y staff a'i gyfoedion. Er hynny cadwai ei bellter. Nid oedd ganddo ffrindiau clòs gan na allai ystyried ymddiried yn llwyr yn neb. Mewn parti ni fyddai byth yn goryfed rhag ofn iddo wneud gormod o ffŵl ohono'i hun a gollwng y gath o'r cwd. Cadw'r gyfrinach oedd yn bwysig, ac roedd mynd allan efo Heledd Einiona yn rhan o'r cynllwyn.

Fe wyddai ei bod hi'n ei ffansïo, ac yn y diwedd ildiodd i'w chwrsio. Ond teimlai fel dyn pren yn ei chwmni. Doedd hi, er hynny, ddim fel pe bai'n sylwi ar ei letchwithdod. Efallai bod cael ei hystyried fel cariad *catch* y Chweched yn ddigon iddi. Roedd hi'n barod i faddau iddo am fod yn garwr mor afrosgo. Dim ond unwaith yr aeth pethau'n rhy bell rhyngddynt. A hynny yn ei thŷ hi pan oedd ei rhieni oddi cartref. Hi wrth gwrs oedd yn arwain. Roedd y cyfan drosodd mewn ychydig funudau a Heledd yn mynnu mai dyna'r rhyw gorau y byddai'n debyg o'i brofi byth. Gobeithiai Rhys yn ei galon nad oedd hynny'n wir neu roedd ei bywyd rhywiol yn mynd i fod yn un hynod o rwystredig. Amdano ef ei hun, teimlai awydd chwydu, a gwnaeth yn siŵr na chododd sefyllfa o'r fath eto.

Er bod siarad â Iestyn yn fodd i fagu hyder, fe'i llethid gan euogrwydd. Roedd o'n unig blentyn ac yn etifedd fferm oedd wedi bod yn nwylo'r teulu ers dwy ganrif. Eto nid oedd ffermio'n apelio ato o gwbl. Ysai am gael dianc o'r ardal hon a cheisio cymdeithas fwy cydnaws â'i natur, yng Nghaerdydd neu Lundain. Synhwyrai nad oedd croeso i'w deip ef ym mro ei febyd. Gwyddai hefyd fod ei dad yn edrych ymlaen at fagu ei ŵyr ar ei lin. Eto, er nad oedd ond dwy ar bymtheg, synhwyrai Rhys, ym mêr ei esgyrn, y byddai'r llinach yn dod i ben gyda'i farwolaeth ef. Roedd ei deulu wedi cyrraedd pen draw'r lein.

Llwyddodd Iestyn i leddfu llawer ar y pryderon hyn gan wneud i Rhys deimlo'n ddedwyddach efo fo'i hun. Roedd ei dad hefyd yn falch o weld y newid er gwell yn ei fab. Gwerthfawrogai'r effaith yr oedd ymweliadau Iestyn Harries yn ei chael arno. Daeth ysgafnder ac asbri yn ôl i fywyd y llanc. Dysgwyd ef gan Iestyn i chwerthin am ben ei ofnau.

Un nos Sadwrn ar ôl ymweliad Iestyn, aeth yn ôl adref. Cyfarchodd ei dad yn siriol cyn ei gloi ei hun yn ei ystafell. Dadwisgodd ac yna safodd yn noethlymun o flaen y drych. *Dyma ti, Rhys Llywelyn, unig blentyn dy dad gweddw ac arwr dy ysgol. Un y mae pobl yn disgwyl llawer ganddo. Ac mi rwyt ti'n HOYW! Gwrywgydiwr. Ynganodd y gair yn ofalus gan bwysleisio pob llythyren. G-W-R-Y-W-G-Y-D-I-W-R!* Dechreuodd ddawnsio o amgylch yr ystafell heb gerpyn amdano gan chwerthin yn aflywodraethus. Yna aeth i'w wely a breuddwydio breuddwyd felysaf ei fywyd.

Trueni er hynny na fyddai Iestyn yn gwneud mwy na siarad a syllu. Ni chyffyrddodd yr athro fys yn ei ddisgybl er i Rhys ddymuno hynny lawer tro. Ar brydiau roedd y tyndra'n annioddefol. Ond y llygaid yn unig roddai fynegiant i'r cwlwm rhyngddynt. Mae'n rhaid ei fod am aros nes fy mod i'n ddeunaw neu wedi gadael yr ysgol, meddyliodd Rhys. Hyd hynny byddai'n rhaid iddo fyw ar freuddwydio.

Bellach roedd o'n ôl yn yr ysgol ac yn eistedd yng nghefn y dosbarth Cymraeg. *Y Fuwch a'i Chynffon* gan Harri Gwynn oedd y gyfrol dan sylw heddiw. Cyfle arall i Delwyn Jones fynegi ei farn ddiflewyn-ar-dafod am lysieuwyr a'r protestwyr oedd yn gwrthwynebu allforio anifeiliaid i'r cyfandir. Mynnai mai lesbiaid a hoywon oedd yn gyfrifol am yr helynt i gyd! Sylweddolodd Rhys y dylai, fel mab ffarm, fod ar yr un ochr â Delwyn Jones, ond rywsut cyd-ymdeimlai â'r ochr arall. Penderfynodd yn y fan a'r lle y byddai'n troi'n llysieuwr ar ôl gadael cartref! Y pleser mwyaf yn ystod y ddadl oedd darganfod llygaid addfwyn Iestyn Harries yn edrych yn bryfoclyd arno o dro i dro.

Pan ganodd y gloch ar ddiwedd y wers diflannodd pawb ar eu hunion. Arhosodd Rhys yn ei unfan.

"Tyrd," meddai Iestyn cyn diflannu i'r storfa, "mae gen i rywbeth i'w ddangos i ti."

Dilynodd Rhys ei athro i'r ystafell fechan dywyll lle'r oedd pentyrrau o lyfrau gosod yn hel llwch ar y silffoedd, rhai ohonynt wedi bod yna ers pan oedd ei fam yn ddisgybl yn yr ysgol dros chwarter canrif yn ôl.

"Mae gen i rywbeth i ti," meddai Iestyn. "Anrheg

dydd Santes Dwynwen a rhodd i'th groesawu'n ôl i'r ysgol." Estynnodd gopi o *The Swimming Pool Library* gan Alan Hollinghurst iddo. "Agor y clawr, mae yna neges i ti ar yr wyneb-ddalen."

Darllenodd y geiriau:

Croeso'n ôl a chofion cariadus, Iestyn. Yna yn y Saesneg, *Gay Pride here we Come!*

Aeth amser maith heibio heb i'r naill na'r llall ddweud dim. Yn sydyn daeth Rhys yn ymwybodol o'r cerdyn Santes Dwynwen yn ei boced. Tynnodd ef allan ac agorodd yr amlen. Arno mewn llythrennau bras roedd y geiriau **BETH AM I NI FOD YN GARIADON... PAM LAI?** Yna mewn cromfachau, **(HA HA HA)**. Nid oedd wedi ei lofnodi. Darllenodd y neges ddwywaith cyn taflu'r cerdyn i'r bin sbwriel wrth ei draed.

Edrychodd yr athro a'r disgybl ar ei gilydd cyn dechrau chwerthin. Yna estynnodd Rhys ei law a rhedeg ei fysedd yn dyner ar hyd boch ei gariad. Dechreuodd y ddau gofleidio a chusanu. O'r diwedd, meddyliodd Rhys, mae rhywbeth go iawn yn digwydd. Bellach roedd Iestyn wedi agor botymau ei grys ac yn dechrau chwarae efo gwregys ei drowsus.

Meddyliodd Rhys iddo glywed drws yr ystafell ddosbarth yn agor. Oedodd am eiliad cyn penderfynu iddo ddychmygu'r cyfan ac ailddechreuodd gusanu'n frwd unwaith eto. Dyma beth oedd gwynfyd! Yna gwelodd wyneb chwilfrydig Delwyn Jones yn sbecian rownd cilbost y storfa. Cyn i'r chwilfrydedd ar yr wyneb hwnnw droi'n syndod ac yn sioc daeth ymdeimlad o ollyngdod mawr dros Rhys Llywelyn. Beth bynnag a ddigwyddai yn y dyfodol ni fyddai'n rhaid iddo mwyach egluro dim i Heledd Einiona.

Lowri

SHONED WYN JONES

Eistedodd ar y llechen gynnes gan deimlo'r gwres yn anwesu'i choesau. Cododd ei llaw at ei phen i geisio atal yr haul rhag treiddio drwy'i gwallt modrwyog. Siglodd ei thraed yn ôl a blaen, 'nôl a blaen, a'i bysedd yn prin gyffwrdd â'r dŵr oer. Aethai ei sanau i lawr yr afon ers meitin. Gwyliodd hwy'n mynd, fel llongau bychain yn dawnsio ar ewyn y môr. Câi ffrae gan ei mam, fe wyddai, ac efallai chwip din a'i hel i'w gwely. Ond pa ots? Yr oedd wedi penderfynu ers y bore ei bod am fod yn ddrwg heddiw. Roedd hi wedi bod yn ddireidus ers dyddiau, a dweud y gwir.

Cuddiodd bêl ei brawd bach ddoe a rhaid oedd iddo roi un o'i fferins iddi cyn y câi'r bêl yn ôl. Y diwrnod cynt gwnaeth fynydd o halen ar ganol y bwrdd gan droi'r pot halen ucha'n isaf a'i wylio'n gwagio'n araf ac yn sydyn bob yn ail. Teimlodd gefn llaw ei mam ar du ôl ei choesau am iddi fentro gwneud y fath beth. Ond ar ei mam yr oedd y bai i gyd. Petai hi heb gerdded i mewn i'w llofft yn hamddenol y dydd o'r blaen, a dweud mor ddiffwdan ei bod am gael brawd neu chwaer fach arall mi fyddai popeth yn iawn. Byddai, mi fyddai popeth yn iawn.

Cododd oddi ar ei heistedd gan afael yn ei hesgidiau. Teimlai awydd eu lluchio'n uchel i'r awyr a'u gwylio'n disgyn plop, plop i'r afon. Ond gwyddai na châi fynd allan o'r tŷ am ddyddiau pe gwnâi hynny. Tynnodd y llinyn crychu o'i barclod a chlymu ei dwy esgid, un bob pen i'r llinyn. Edrychodd o'i chwmpas a gwelodd goeden yn weddol agos. Rhedodd yn droednoeth ati, dringo i ben y garreg oedd wrth ei hymyl, a hongian ei hesgidiau ar y brigyn isaf. Neidiodd i lawr a syllu arnynt am ychydig eiliadau; siglent o ochr i ochr fel pendil cloc mawr. Gallai fynd i'w nôl ar ei ffordd adref.

Cerddodd i fyny'r llwybr yn hamddenol a chant a mil o bethau yn byrlymu drwy'i phen. I beth roedd eisiau babi arall? Doedd Siôn ei brawd yn fawr fwy na babi, ac yr oedd wedi cael digon ar lusgo hwnnw hefo hi i bob man, heb sôn am gael un arall wrth ei chwt. Byddai bol ei mam yn mynd yn llawer llawer mwy ac ni châi hi eistedd ar ei glin i wrando ar stori gyda'r nos. Pan ddeuai'r amser, byddai'n rhaid iddi fynd i dŷ Siani Morgan am ddiwrnod cyfan, a phan ddeuai adref byddai babi newydd yn y gwely hefo'i mam. Hen beth hyll oedd Siôn yn fabi. Wyneb coch rhychlyd a'i lygaid wedi cau y rhan fwyaf o'r amser. Byddai'n well ganddi ddoli newydd o lawer.

Cyrhaeddodd un o gaeau Dafydd Jones, Tyddyn

Du. Safodd ar ail reilen y giât bren a gafael yn dynn yn yr uchaf. Yr oedd y cae'n llawn o ŷd melyn a hwnnw'n suo'n ysgafn. Daeth ysfa drosti am gael rhedeg drwyddo a'r funud nesaf yr oedd dros ben y giât ac yn rhedeg fel oenig drwy'r crop newydd. Wel am hwyl oedd hyn! Neidiodd yn uchel, uchel ac yna powlio drosodd a throsodd. Ni allai weld dim heblaw am goesau hirion melyn yr ŷd. Tybiai ei bod yn rhedeg mewn llinell syth ar draws y cae, ond ni allai fod yn siŵr o hyn. O'r diwedd cyrhaeddodd yr ochr arall, a phwy oedd yn disgwyl amdani wrth y giât mochyn ond Dafydd Jones. Trodd ar ei sawdl yn syth a rhedeg yn ôl drwy'r llwybr yr oedd wedi ei wneud yn yr ŷd. Chwarddodd yn uchel wrth glywed Dafydd Jones yn bytheirio ar ei hôl: "Aros di'r cythraul bach, i mi gael gafael ynot ti!" Gwyddai na fentrai ef redeg ar ei hôl a gwneud mwy o lanast.

Wedi cyrraedd yn ôl i'r fan lle cychwynnodd, yr oedd wedi colli'i gwynt yn llwyr. Yn lle dringo dros y giât, gwasgodd ei hun rhwng y rheiliau a disgyn yn swp ar y gwair yr ochr arall. Roedd yr awyr yn las, las ac nid oedd cwmwl i'w weld yn unman. Glas oedd llygaid Siôn hefyd, glas fel glas yr awyr heddiw. Pa liw fyddai llygaid y babi newydd tybed? Wedi meddwl, efallai mai peth da fyddai cael babi arall yn y tŷ. Byddai'n rhywun i Siôn chwarae hefo fo, a'i gadael hithau i wneud fel y mynnai. Roedd ei thraed yn dechrau brifo. Cododd ar ei heistedd a chafodd fraw wrth edrych ar ei choesau. Edrychent yn union

yr un fath â phetai wedi cael ei chwipio'n ddi-
drugaredd â dail poethion. Rhedodd ei bysedd i lawr
y llinellau coch rhychlyd a'u gweld yn ffurfio patrwm
bob hyn a hyn. Dechreuasant losgi ac ni wyddai sut
yr oedd am gerdded adref a'r holl bigiadau'n brathu'i
thraed.

Cododd a cherdded i lawr y llwybr gan obeithio
na ddeuai Dafydd Jones i'w hwynebu. Os deuai'r babi
newydd yn reit fuan, cyn diwedd yr haf, gallai ddod
â hwy i gyd am dro y ffordd yma: ei mam, Siôn a'r
babi. Efallai mai chwaer fach gâi hi y tro yma,
rhywun y gallai ddangos iddi sut i wisgo'r doliau i
gyd. Estynnodd ei hesgidiau oddi ar y goeden a throi
ei chamau tuag adref.

Roedd ei thad yn eistedd y tu allan i'r tŷ ar yr hen
setl bren. Yn lle estyn ei freichiau allan fel arfer, er
mwyn iddi hi redeg ato, parhaodd i eistedd yn
ddiymadferth. Dywedodd wrthi am beidio â gwneud
sŵn, fod ei mam yn sâl. Ni fyddai babi newydd wedi'r
cwbl. Syrthiodd ei mam a brifo wrth baratoi te, ac
nid oedd hi'n ddigon iach yn awr i edrych ar ôl babi
arall. Teimlodd Lowri ryw ymateb rhyfedd y tu mewn
iddi. Yn lle'r balchder a ddisgwyliai, llanwodd ei thu
mewn â gwacter. Gwacter oer, oer; a hwnnw'n brifo.
Aeth i mewn i'r tŷ, gafael yn ei doli ac eistedd ar y
stôl, a'r ddoli yn ei breichiau. Siglodd yn ôl a blaen,
yn ôl a blaen, yn ôl a blaen...

Ymhen rhyw dridiau yr oedd ei mam ar ei thraed unwaith eto. Eisteddai Lowri wrth y bwrdd brecwast, ac edrychai'n slei i gyfeiriad ei mam bob hyn a hyn. Trodd Meri Gruffydd tuag ati,

"Bwyta dy frecwast, Lowri!"

Gollyngodd Lowri'r llwy yn swp i'r bowlen uwd a dringo i lawr oddi ar y gadair. Anelodd ei thraed am y drws dan weiddi, "Dim isio!" a gwibiodd drwyddo heb ddisgwyl am y ffrae.

Cyrhaeddodd ben y bryn gan duchan a bytheirio, ei chwys yn gymysg â'i dagrau. Syrthiodd i lawr ynghanol y grug a'r mwsog gan feichio crio. Yr oedd wedi teimlo rhywbeth rhyfedd y tu mewn iddi ers dyddiau a hwnnw'n mynd yn waeth. Yr oedd yn union yr un fath â'r amser hwnnw pan oedd trip yr Ysgol Sul yn mynd i lan y môr. Doedd Lowri erioed wedi bod ar lan y môr, ac edrychai ymlaen at gael mynd gyda Siân a Leusa. Ychydig ddyddiau cyn y trip cododd yn fore a darganfod smotiau mawr coch ar hyd 'ddi. Sgrechiodd dros y lle a rhedeg i lawr y grisiau at ei mam. Y frech ieir. Welodd Lowri fyth mo lan y môr.

Sychodd ei dagrau ag ymyl ei ffrog. Doedd dim babi yn awr, ychwaith, a hithau wedi dechrau cynefino â'r syniad; er na ddywedai fyth mo hynny wrth neb. Edrychodd o'i chwmpas. Ychydig yn uwch i fyny yr oedd clwstwr o goed llus. Byddai'r ffrwyth yn barod erbyn hyn. Cododd ar ei thraed a cherdded at y llecyn tywyll. Penliniodd ynghanol y coed gan hel dyrnaid ac yna'u stwffio i'w cheg ar unwaith a'u cnoi'n swnllyd. Caeodd ei llygaid wrth flasu'r surni. Casglodd ddyrnaid arall gan eu bwyta yn yr un modd. Roedd ei dwylo'n smotiau piws, yn union fel yr hen frech ieir hwnnw. Chwarddodd wrthi ei hun. Beth pe bai'n peintio smotiau ar hyd 'ddi hefo'r llus a mynd adref i'w dangos i'w mam? Byddai'n siŵr o ddychryn a rhoi mwythau iddi fel o'r blaen. Ond doedd g'nethod mawr ddim yn cael mwytha, medda Leusa; ac mi roedd hi'n eneth fawr bellach, on'd oedd? Anghofiodd y syniad.

Wrth ei hymyl yr oedd llwybr troellog yn dilyn yr afon. Penderfynodd fynd am dro ar ei hyd. Cododd ar ei thraed; roedd ei phenliniau'n ddau stamp piws, yn union fel dau fap o Sir Fôn. Dilynai'r afon at dŷ Leusa.

Wedi cyrraedd caeau fferm Dolafon dringodd dros y wal, rhedeg ar draws y cae, stwffio trwy'r gwrych ac i mewn i'r buarth. Eisteddai Leusa ar stepan y beudy a bachgen bach dieithr wrth ei hochr. Trodd y ddau ati ar unwaith.

"Wedi dŵad am dro ydw i," meddai, gan edrych ar y dieithryn drwy gornel ei llygaid.

"O," atebodd Leusa, a chario ymlaen i fwytho'r gath ar ei glin. Heb dderbyn gwahoddiad, eisteddodd Lowri yn ddiseremoni o flaen y ddau.

"Dilyn llwybr yr afon wnes i. Yr holl ffordd ar fy mhen fy hun." Doedd wiw i Leusa fynd yn agos at yr afon ar ôl iddi gael ei siarsio gan ei mam.

Sylwodd Lowri ar y bachgen yn edrych ar ei

phenliniau piws a thynnodd ei ffrog i lawr drostynt. Neidiodd y gath fach oddi ar lin Leusa a dechreuodd redeg ar ôl ei chynffon.

"Mae Gwyn a fi wedi bod yn bwydo'r moch," meddai Leusa dan wenu.

"Hen betha drewllyd ydy moch. Mae'n well gen i ŵyn bach," atebodd Lowri.

"A finna," meddai Gwyn.

Syllodd Leusa ar Gwyn gan wneud iddo ddifaru agor ei geg, a meddai'n chwyrn, "Wel does 'na ddim ŵyn yr adeg yma o'r flwyddyn, nag oes?" gan luchio'i phen yn ôl i gael gwared â'r gwallt o'i llygaid.

"Wel oes, siŵr iawn, ond eu bod nhw wedi tyfu."

Chwarddodd Gwyn yn uchel wrth glywed ateb Lowri.

Cododd Leusa ar ei thraed a cherdded i gyfeiriad y tŷ.

"Lle'r wyt ti'n byw, Gwyn?" holodd Lowri.

"Yn Sir Fôn. Wedi dŵad i aros hefo Leusa."

"O."

"Mae Mam yn chwaer i fam Leusa."

"Wyt ti'n licio yma?"

"Ydw."

Ar hyn daeth Leusa yn ôl a doli mewn siôl yn ei breichiau. Eisteddodd ar y stepan gan adael i'r siôl ddisgyn yn agored. Syllodd Lowri ar y ddoli. Welodd hi erioed un mor hardd. Llygaid glas, glas, gruddiau coch a gwallt hir melyn. Yn ei gwallt yr oedd rhuban glas a gwisgai ffrog sidan o'r un lliw. Byseddodd Leusa wallt y ddoli gan wenu wrth weld Lowri'n syllu arni.

"Wyt ti isio gafael yn y ddoli, Gwyn?"

"Genod sy'n magu babis," atebodd yn gwta. "Dwi'n mynd i weld y moch."

"Ro'n i'n meddwl nad oeddat ti'n licio moch."

"Maen nhw'n well na babi dols," a brasgamodd tuag at y twlc.

Wedi rhai munudau dilynodd Lowri a Leusa ei gamau. Cawsant Gwyn yn sefyll o flaen giât y twlc. Safodd Leusa a Lowri ar un o reiliau'r giât ac edrych i lawr ar yr hwch a'i pherchyll. Pwysodd Leusa ei breichiau a'r ddol ar ben y giât drwchus. Ceisiodd Gwyn ddringo i fyny i ymuno â'r ddwy. Gan nad arferai ddringo giatiau, llithrodd ei droed a gafaelodd ym mraich Leusa i geisio'i arbed ei hun rhag disgyn. Wrth iddo wneud hyn gafaelodd Leusa yn y rheilen uchaf a syrthiodd y ddol i'r twlc mwdlyd. Ar unwaith daeth yr hwch yno a rhoi ei throed ar fol y ddol a dechrau cnoi ei gwallt. Syllodd y tri arni am hydoedd ac yna dechreuodd Leusa sgrechian. Sgrechiodd yn uchel, uchel fel pe bai o'i cho, a neidiodd Lowri a Gwyn i lawr mewn dychryn. Trodd Leusa, ei hwyneb yn fflamgoch, a rhedodd tuag at Gwyn. Tybiai Lowri y byddai wedi ei ladd oni bai fod ei mam wedi rhedeg allan o'r tŷ. Gafaelodd honno am Leusa, ac wedi deall beth oedd wedi digwydd arweiniodd hi i'r tŷ.

"Doedd dim isio i ti fynd â hi allan, yn nag oedd?"

Wedi hyn dechreuodd Gwyn grio, "Dwi isio mynd adra."

Ceisiodd Lowri ei gysuro orau gallai ond parhaodd Gwyn i grio'n ddistaw. Fu Lowri erioed mor falch o weld ei mam yn dod heibio ochr y tŷ i chwilio amdani. Wedi clywed y stori aeth Meri Gruffydd at y bachgen bach.

"Wyt ti isio dod adra hefo Lowri i gael cinio?"

Lledodd gwên dros ei wyneb a gafaelodd yn ei llaw. Wedi setlo'r mater gyda mam Leusa, trodd y tri tuag adref.

Wedi cychwyn bywiogodd Gwyn drwyddo.

"Pam oedd Leusa'n sgrechian cymaint?" gofynnodd.

"Wel, am fod ei babi dol newydd wedi disgyn i'r mwd," atebodd Meri Gruffydd.

"Ond dim ond babi dol oedd hi. Doedd hi ddim yn wir, nag oedd?"

"Efallai ei bod hi i Leusa."

"Hen beth wirion oedd hi beth bynnag," meddai Lowri.

"Ddim i Leusa, w'sti," atebodd ei mam. "Roedd Leusa wedi edrych ymlaen am gael chwarae hefo hi drwy'r ha', gwisgo amdani a mynd â hi am dro."

"'Run fath â fi hefo'r babi?" gofynnodd Lowri.

Gwasgodd Meri Gruffydd law ei merch yn dynn, dynn.

"Ia," sibrydodd yn ddistaw, "'Run fath â ti hefo'r babi.

Gormod o Bwdin

EIRUG WYN

MAE LUCINDA'N BYW gyda Deio Dew, ac mae Deio Dew wedi dechrau drewi. Maen nhw'n byw dan yr un to, ac yn gwylio'r un teledu, ond erbyn hyn dydyn nhw ddim yn rhannu'r un soffa. Dydyn nhw chwaith ddim yn rhannu'r un bwrdd nac yn rhannu'r un gwely. Dechreuodd y dirywiad ar ddydd eu priodas, a'r diwrnod hwnnw doedd Deio ddim yn dew, a doedd o ddim yn drewi chwaith.

*   *   *

Un tro:
   "Mam!"
   "Be sy, Deio?"
   "Mewn deg eiliad, efallai tair eiliad ar ddeg, mi fydd y tost yn dechrau llosgi!"
   "Da 'ngwash i! Diolch am dy drwyn di, neu wn i ddim be fasan ni'n neud."
   Dro arall:
   "Dad!"

"Hisht hogyn! Ti ddim yn gweld 'mod i'n trio cadw'r car 'ma i fynd?"

Cododd Deio ei drwyn a snwffiodd ddwy waith.

"Munud a saith eiliad arall, ac os na ddiffoddwch chi'r peiriant, mi chwythwch chi gasget y *cylinder head*."

A diffodd y peiriant wnaeth ei dad, oherwydd er nad oedd Deio ond deg oed, roedd y rhieni wedi sylweddoli fod gallu anhygoel gan eu mab i arogli, ac yn sgil yr arogli hwnnw roedd ganddo'r ddawn i ddarogan canlyniadau ei arogli.

Pan oedd ei gyfoedion yn ymarfer eu sgiliau pêl-droed, neu'n mynd i'r Ganolfan Chwaraeon i nofio, roedd Deio'n ymarfer ei drwyn.

Yn un ar ddeg oed gallai gerdded i lawr Stryd y Castell am hanner dydd, ac wrth osod ei drwyn yn nhwll llythyrau pob tŷ, gallai restru popeth roedd y teulu hwnnw'n ei gael i ginio. A dalltwch hyn, nid yn unig rhestru'r tatws, y moron, y cig a'r grefi a'r danteithion poethion eraill, o na; erbyn hyn gallai synhwyro pa fath o fara oedd ar y plât, a pha fath o fenyn neu farjarîn oedd ar bob tafell.

Yn ddeuddeg oed, pan oedd ei ffrindiau'n darganfod llenyddiaeth ddewinol Gwenno Hywyn a T.Llew Jones, roedd Deio'n ei gladdu'i hun mewn llyfrau meddygol, yn darllen ac yn llarpio i'w gyfansoddiad bopeth ysgrifennodd unrhyw un o bwys am y trwyn dynol, a'r gallu i arogli.

"Deio Trwyn! Deio Trwyn!!"

Dyna fyrdwn siant y plant cenfigennus, ond rhyw wenu iddo fo'i hun a wnâi Deio. Roedd o'n gwybod y byddai ei ddawn i arogli yn werth ffortiwn iddo ryw ddiwrnod.

Yn dair ar ddeg oed dechreuodd ar ei gampwaith. Ar brosesydd geiriau ei dad, dechreuodd ysgrifennu'i draethawd, "Treiglad yr Organ Drwynol a'i Gallu i Dra-arglwyddiaethu ar Bobl a Sefyllfaoedd".

Roedd gan Deio ddamcaniaeth ynglŷn ag arogli, ac roedd hi'n ddamcaniaeth gynhyrfus. Roedd o wedi dechrau sylwi y gallai ragweld teimladau ac emosiynau pobl wrth eu hogleuo. Sylweddolodd fod y corff dynol bob un munud o'i oes yn rhyddhau pob math o suddion, a bod i'r suddion hynny eu harogleuon arbennig eu hunain.

Roedd wedi catalogio, ym mhlygell ei gof, y pedwar prif arogl a glywai amlaf wrth gyfathrachu â phobl – arogl cariad; arogl trais; arogl ofn ac arogl bodlonrwydd. Fel y datblygai ei draethawd a'i synnwyr arogli, dechreuodd adnabod arogleuon is-grwpiau i'r pedwar prif arogl.

Ac felly pan fyddai'n cambyhafio mewn gwers Hanes a'r athro'n gwylltio'n gudyll, gallai Deio rag-weld y beltan yn dod. Byddai suddion trais yr athro'n amlygu'u harogl ac yn ei baratoi am ei gosb. Ambell dro, gallai synhwyro is-arogl amheuaeth cyn i'r beltan lanio, a dim ond iddo ganolbwyntio ar ryddhau ei is-arogl ymddiheuriadol ei hun, byddai'r athro weithiau'n atal ei drais ar y funud ola.

Ac fel hyn, drwy arbrofi, y tyfodd traethawd Deio ac y daeth hefyd i fod yn fachgen o ddylanwad a chanddo bwerau a ymddangosai'n rhyfeddol wrth drin pobl, athrawon neu gyd-ddisgyblion.

Dridiau cyn dathlu'i ben blwydd yn bedair ar ddeg newidiwyd ac ehangwyd cynnwys a chyfeiriad ei draethawd. Bron yn ddiarwybod iddo, ac fel huddug i botes, digwyddodd blaenlencyndod, a deffrowyd ei ddiddordeb mewn merched. Dechreuodd Deio addysgu'i drwyn i adnabod arogl cariad, a'r holl is-arogleuon newydd a ddaeth yn sgil y deffroad rhyfeddol hwn. Cyfeiriwyd ei holl egnïon trwynol i gyfeiriad arogl cariad.

Cymaint yn wir oedd ei ddiddordeb yn y gangen hon o drwynyddiaeth, fel y cariai ei lyfr nodiadau gydag o yn wastadol. Roedd ganddo ei gôd arbennig rhag i'r llyfr fynd o'i ddwylo, ond yn y llyfr hwn yr oedd tudalen i bob merch yn yr ysgol, ac roedd Deio'n treulio'i holl amser yn siarad ac yn dadansoddi ei berthynas â phob un ohonynt.

Roedd wedi dosbarthu'r merched yn bedwar dosbarth. Yn nosbarth pedwar yr oedd y genod ifanc, nifer ohonynt yn nosbarthiadau isa'r ysgol heb lawn ddatblygu'u his-arogleuon. Yn nosbarth tri, yr oedd y merched hynny nad oedden nhw'n ymateb iddo'n rhywiol o gwbl. Doedd dim suddion cryfach na suddion cyfeillgarwch yn cael eu rhyddhau ganddynt, er gwaethaf ei ymdrech arbennig o i ryddhau ei arogleuon ei hun.

Yn y ddau ddosbarth arall, fodd bynnag, yr oedd ei brif ddiddordeb, ac o un o'r ddau ddosbarth hyn yr oedd am gael ei brofiad rhywiol cyntaf.

Dosbarth dau oedd y dosbarth mwyaf. Cryn ddeugain o ferched, a phob un yn amlwg yn rhywiol effro ac yn ymateb iddo'n bositif ar wahanol lefelau.

Chwech yn unig oedd yn nosbarth un, pump ohonynt yn eu blwyddyn ola yn yr ysgol a'r llall flwyddyn yn iau. Ffion oedd honno. Aeth ati pan welodd hi ar ei phen ei hun yng nghornel yr iard amser chware ola'r dydd.

"Fasach chdi'n lecio dod hefo fi i Goed Rhydau ar ôl iddi dwllu heno?"

"Be? Hefo chdi?"

"Be sy matar hefo fi?"

"Dwyt ti ond pedair ar ddeg... Sgin i ddim diddordab ynot ti."

Aeth Deio gam yn nes ati a gwenu arni.

"Ti isio i mi ddeud cyfrinach wrthat ti, er dy fod ti a fi yn gwybod hynny'n barod?"

"Be?"

"Mae dy suddion di'n dweud stori wahanol wrtha i. Fedri di ddim cuddio dim rhag fy nhrwyn i, ac mi rydw i'n arogli dy deimlada di y funud yma."

"Y basdad bach hunandybus!"

Ond roedd yna gysgod o wên ar ei hwyneb. Plygodd Deio 'mlaen a sibrwd yn ei chlust.

"Os wyt ti'n fy nghasáu i gymaint, pam wyt ti'n gwlychu dy flwmar y funud yma?"

Gwridodd Ffion, a phan symudodd fymryn, teimlodd ei gwlybaniaeth ei hun. Gwenodd eto, i ganol ei wyneb y tro hwn.

"Wela i di yn y Siop Tships am chwech."

Ymhen tridiau, doedd Deio ddim yn wyryf mwy, ac roedd Ffion wedi ei hyfforddi'n drwyadl iawn mewn maes fuasai'n dywyll ac yn destun dychymyg byw iawn cyn y cyfarfyddiad yn y Siop Tships, a'r ymweliad â Choed Rhydau.

Fel y tyfai'i brofiad, felly hefyd y tyfai'r traethawd, a hefyd, ysywaeth, y ticiau a osodai gyferbyn â merched yr oedd yn eu canlyn a'u caru. Ymhen ychydig fisoedd, roedd ei lyfr nodiadau'n llawn – tudalen i bob merch, a nodiadau manwl, manwl mewn cod yn llenwi gweddill y dudalen. Bu pedair blynedd ola'i addysg yn flynyddoedd gwynfydedig pur, ac erbyn ei ail flwyddyn yn y chweched dosbarth, roedd ar ei bumed llyfr nodiadau.

Ysywaeth, nid oedd y gallu gan Deio i synhwyro beth fyddai cwestiynau ei arholiadau lefel A, a llanc siomedig iawn gerddodd o'r ysgol y bore hwnnw o Awst gyda dwy D ac un E ar ei dystysgrif.

I'w gysuro'i hun, clodd Deio ddrws ei stafell wely a dechrau pori drwy'i lyfrau nodiadau ar y merched. Yn sydyn, roedd o'n ymwybodol ei fod o wedi dechrau cadw manylion o'r persawr yr oedd pob un merch yn ei wisgo pan fyddai'n eu cyfarfod... Cachet; L'aimant; Pipette; Actuality; Charlie; Chanel. Wedi darllen chwe neu saith enw, roedd o'n gwybod yn iawn beth fyddai'r cam nesaf yn ei fywyd.

Aeth i lawr i'r dref ar y bws, ac i siop Huws Cemist. Doedd Evan Huws ddim yn disgwyl clywed y neges oedd ganddo.

"Mr Huws, dwi newydd gael canlyniadau trych-inebus yn fy arholiadau. Fyddech chi'n fodlon imi weithio yn eich adran bersawr chi, yn rhad ac am ddim am bythefnos – fydd dim rhaid i chi dalu ceiniog i mi."

Doedd gan Huws Cemist ddim digon o waith iddo ar y cownter persawr, ond os oedd o'n un fasai'n medru llenwi dalennau stoc, a rhedeg 'nôl a 'mlaen i'r stocrwm i ail-lenwi'r silffoedd, roedd posibilrwydd y buasai'n medru cynnig rhywfaint o gyflog iddo, efallai am weddill y gwyliau.

Ac yno y bu Deio, am fis crwn cyfan. Bob munud sbâr, fodd bynnag, âi at Laura oedd â gofal y cownter persawr, ac ar ddiwedd y mis, mawr fu'r difyrrwch ymhlith staff a chwsmeriaid pan lwyddodd Deio un awr ginio i enwi pob un persawr yn y siop, ac yntau â sgarff drwchus wedi'i chlymu rownd ei lygaid. Hyd yn oed pan roddodd Laura y Charlie Red gan Revlon o dan ei drwyn bedair gwaith, llwyddodd i adnabod yr arogl bob tro.

Ddiwedd Awst, ysgrifennodd Deio lythyrau at y pum cwmni persawr mwya'n y byd yn adrodd hanes ei drwyn rhyfeddol ac yn cynnig ei wasanaeth iddynt. Daeth dau atebiad. Roedd un yn diolch iddo am ei lythyr, ac yn dweud dim mwy. Roedd yr ail gan

Cravesky, yn amgáu hysbyseb am swydd wedi ei lleoli ym Mharis, ond roedd rhaid i bob cynigydd am y swydd basio rhai profion elfennol ynglŷn ag arogli cyn gobeithio bod ar unrhyw restr fer.

Ac felly yr aeth Deio i Lundain bell am dridiau o brofion. A fo gafodd y swydd. Yn ddeunaw oed dechreuodd wneud enw iddo'i hun o fewn y cwmni, a buan y daeth cynigion lu iddo gan gwmnïau eraill – Givenchy, Yves St Laurent, Christian Dior – ond glynu at Cravesky wnaeth Deio. Roedd o'n cael y cyfle i deithio'r byd, ac roedd profiadau ac arogleuon newydd i'w clywed ymhob gwlad. Roedd arogl y merched yn amrywio o wlad i wlad hefyd, a buan y tyfodd llyfrau nodiadau Deio ar ferched yn llyfrgell sylweddol ei maint.

Yn dair ar hugain oed, roedd wedi clywed achlust fod ei enw gerbron i gamu ar fwrdd rheoli'r cwmni, ac felly, ar drothwy'r arddangosfa fyd-eang i bersawrwyr ym Mharis, roedd ei gwpan yn llawn. Ac yn yr arddangosfa hon y cyfarfu â Lucinda.

Roedd o wedi'i gweld hi o bell ers rhai oriau. Roedd hi'n gweithio ar stondin fechan i'r chwith o Givenchy. Roedd o wedi gwenu arni, ac roedd o wedi sylwi wrth ddal ei llygaid ei bod hithau'n gwenu'n ôl. Roedd o'n ysu i fynd ati i'w harogli, a bu drwy'r prynhawn yn diawlio pob cwsmer ddeuai i darfu ar ei ysfa.

Daeth cyfle iddo toc. Cafodd ei esgusodi am chwarter awr i gael seibiant. Cerddodd yn syth at ei stondin, ond doedd hi ddim yno. Daeth ar ei thraws yn y bar. Aeth ar ei union ati, a phan oedd o fewn troedfedd i'w hwyneb, gwenodd arni. Dychwelwyd ei wên. Roedd ei hwyneb fel wyneb angel. Aroglodd.

Doedd o ddim yn deall, roedd ei harogl yn gwbl ddieithr.

"Gwin?"

"Coch."

Cododd ei law ac amneidiodd ar y gweinydd i ddod draw. Archebodd ddau wydraid. Pan gyrhaeddodd y ddiod, estynnodd un i'r angyles.

"Iechyd da!"

"Ac i chditha!"

"Deio ydw i, Deio Pritchard, Cravesky…"

"Sut ma'i, Deio?"

"Iawn diolch, a chitha? Eich enw, dwi'n feddwl?"

"Lucinda," meddai'n syth, yna cododd ei thrwyn ryw fymryn ac arogli.

"Deio? Enw anghyffredin?"

"Cymro ydw i… o Gymru, yn ymyl Lloegar…"

"Mi wn i ble mae Cymru, ond dywed i mi, Deio, ydi pob Cymro'n gwlychu'i drôns wrth siarad hefo merched diarth?"

"Be?!"

Am y tro cyntaf yn ei fywyd clywodd Deio'r gwrid yn codi'n araf i'w wyneb. Roedd o'n ymwybodol o'i anesmwythyd a'i embaras. Roedd gan hon yr un gallu i arogli ag yntau! Ceisiodd arogli'i suddion i'w hateb, ond ni allai yn ei fyw. Beth oedd yn bod? Atebodd

Lucinda ei gwestiwn a'i benbleth.

"Dwyt ti ond wedi hanner dy hyfforddi dy hun, Deio! Mae gen ti suddion imiwniad, ac mi ddyliet ti ddysgu sut a phryd i'w rhyddhau nhw."

Roedd hi'n gwenu. Gwenodd yntau'n ôl arni. Yn sydyn, roedd o isio Lucinda yn fwy na dim arall erioed. Roedd o'n gwybod y foment honno fod rhaid iddo'i chael. Roedd o'n ymwybodol hefyd ei bod hithau'n chwarae hefo fo. Roedd hi'n cuddio'i theimladau ato y tu ôl i'w suddion imiwniad, a dyna pryd y sylweddolodd Deio ei bod yn amlwg yn gorfod canolbwyntio gant y cant ar hyn; fedrai hi ddim ymlacio am ennyd. Ac wrth estyn am ei wydraid gwin, cysurodd ei hun mai damwain a barodd iddo daro'i gwydraid hi oddi ar y bwrdd ac ar ei glin.

"Blydi hel!"

Ymddiheurodd yn syth. Cododd ac aeth i'w boced ac estyn hances iddi. Plygodd nes oedd yn agos ati.

"Blydi hel!" meddai drachefn wrth geisio sychu'r gwin oddi ar ei dillad orau gallai.

"Mae'n ddrwg gen i, Lucinda! Mi fydd rhaid i ti adael i mi brynu cinio i ti heno… yn bydd?" A snwffiodd ei drwyn ddwywaith yn uchel, cyn gwenu arni fel hogyn bach drwg.

"Oes gen i ddewis?"

"Nagoes, meddai dy suddion di!"

Gwenu ddaru hithau hefyd. A gwenu fwyfwy pan ofynnodd iddi:

"Ac efallai y ca' i wersi ar yr imiwniad?"

"Hotel du Commerce, saith o'r gloch."

*   *   *

Fis yn ddiweddarach bu'r briodas, ac ni bu pâr hapusach na Lucinda a Deio. Rheolid eu bywydau yn llwyr gan eu trwynau, ac o, y fath fywyd gwynfydedig! Rhyw a bwyd oedd y ddau brif bleser, ac fe barhaodd y pleserau hynny i dra-arglwydd-iaethu ar eu priodas am bedair wythnos.

Doedd dengwaith y dydd ddim yn ormod o ryw, ond roedd y bwyd yn cael ei gyfyngu i dri phryd – brecwast yn y bore, cinio ysgafn yn y gwaith a'r prif bryd wedi dychwelyd adre. Roedd y ddau yn gwneud y prif bryd am yn ail.

Dechrau'r dirywiad oedd y sgwrs ôl-rywiol cyn brecwast un ben bore. Dyma Deio'n dweud yn ddidaro,

"Mae fy nhrwyn i wedi concro tua mil a hanner o ferched."

"Be?"

"Dwi wedi defnyddio fy nhrwyn i gael rhyw ac i garu hefo mil a hanner o ferched."

"Y sglyfath!"

"Gin i lyfra nodiada, dwi wedi cadw cownt o bob un!"

"Yr hen gi uffar!"

"Ugeinia o enwa, a nodiada manwl am ogla bob un..."

Yna dechreuodd Lucinda chwerthin. Chwerthin a chwerthin a chwerthin.

"Be sy?"

Ond dal i chwerthin wnâi Lucinda.

" 'Sdim isio i chdi genfigennu!"

"Cenfigennu! Gwranda'r hen gi uffar, dwi ddwy flynedd yn iau na ti, ac mae gen i dros ddwy fil o bricia dan fy melt!"

"Oes ddiawl!"

"Mae gen inna ddyddiaduron manwl hefyd, 'y ngwash i, enwa... oedranna... seis pidlanna... hyd perfformiad, a hyd yn oed sawl perfformiad bob nos – saith oedd y mwya, os dwi'n cofio'n iawn... Carlos yn Amsterdam!"

"Dwy fil o ddynion wedi bod yn dy hen bwsi di!"

"Ti'n hen gi!"

"Titha'n hen gath!"

A'r bore hwnnw bu'r ddau yn ffraeo am y tro cynta. Pan gyrhaeddodd Deio adre o'i waith, cafodd anrheg gan Lucinda.

"Am dy fod ti'n hen gi, dwi wedi prynu labrador i ti!"

Ac felly y daeth Pero i'r tŷ.

Trannoeth.

"Am fod yna gymaint o ddynion wedi bod yn dy hen bwsi di, dwi wedi prynu cath i ti!"

Ac felly y daeth Tidls i'r tŷ.

Roedd Lucinda wedi meddwl a meddwl am ffordd o ddial ar Deio, ac wrth baratoi cyrri i fwyd un noson cafodd syniad. Rhoddodd gyrri ei gŵr mewn sosban arall, ac ar ei ben tywalltodd hanner tun o fwyd ci.

"Bwyd yn barod, cariad!" gwaeddodd.

Wrth ddod i lawr y grisiau, sniffiodd Deio'r awyr.

"Cig..." Oedodd, roedd yr arogl yn lled-gyfarwydd.

"Cig arbennig i ti, cyrri sbeshal..."

A llowciodd Deio'i fwyd yn awchus. Chwerthin iddi hi'i hun wnaeth Lucinda.

Cafodd y pryd hwnnw effaith ryfeddol ar Deio. Bu'n ceisio cofio ymhle y clywsai'r arogl hwnnw o'r blaen, ond methai'n lân, ac roedd blas y cig wedi deffro awydd ynddo i flasu gwahanol fwydydd.

Dechreuodd fwyta rhwng prydau. Siocled, ffrwythau, bisgedi, cacennau, brechdanau, peis. Roedd yn cael blas ar gynifer o bethau.

Ymhen pythefnos, roedd Deio'n dew. Dwy stôn yn dewach na'r dydd y priododd.

Roedd brecwast erbyn hyn yn sudd oren, tair Weetabix, plataid o gig moch, tri wy, pwdin gwaed, sosej, bîns, bara saim a sôs brown. Yna chwe rownd o dost a marmalêd gyda thair paned o de.

Âi i'r parlwr bwyd cyflym am ginio. Dwy bîff-byrgyr chwarter pwys gyda phedwar cwdyn o tships, a tharten 'fale a chwstard, a *coke* anferth i olchi'r cyfan i'w stumog.

Ac erbyn hyn, doedd bwyd Lucinda ddim yn ei ddigoni gyda'r nos. Fo oedd yn y gegin, ac mi roedd o wedi bwyta dau bryd da wrth baratoi'r bwyd cyn eistedd i gyd-fwyta gyda Lucinda.

Doedd gan Deio ddim amser i neb na dim bellach. Bwyd oedd yn rheoli pob peth. Doedd dim amser i gael rhyw, dim amser hyd yn oed i ymolchi, a dyna pryd y dechreuodd Deio ddrewi.

Cafodd Lucinda bwl o iselder ysbryd. Roedd hi'n dawel fach yn teimlo'n euog mai'r bwyd ci roddodd hi yn ei gyrri oedd yn gyfrifol am y trawsnewidiad yn Deio, ond feiddiai hi ddim cyfaddef wrtho. Âi'n benwan pe gwyddai.

Roedd hithau wedi dechrau gorfwyta ers ychydig ddyddiau hefyd, ond cysurodd ei hun nad oedd hi cynddrwg â Deio. Serch hynny, byddai brechdan yn reit neis hefyd. Cododd o'i gwely ac aeth i'r gegin.

Roedd Deio yno yn yr oergell yn estyn twb o iogwrt iddo'i hun.

"Ti ar dy draed yn hwyr."

"Meddwl cael brechdan oeddwn i."

Teyrnasodd distawrwydd, nes i Lucinda bender-fynu dweud:

"Deio... mae gen i gyfaddefiad i'w wneud."

"A finna, Lucinda..."

"Na, ti ddim yn dallt. Dwi'n meddwl mai arna i mae'r bai dy fod ti wedi dechra bwyta fel wyt ti."

"Be ti'n feddwl?"

"Mi rois i 'chydig o fwyd Pero yn dy gyrri di."

Disgwyliodd y ffrwydrad, ac fe ddaeth. Dechreu-odd Deio chwerthin a chwerthin. Chwerthin nes oedd waliau'r tŷ yn diasbedain. Chwerthin nes oedd y rholiau bloneg a chnawd oedd yn hongian rownd ei ganol yn ysgwyd yn donnau. Chwerthin nes wyddai Lucinda ddim beth i'w wneud na'i ddweud.

"Ti..." dechreuodd Deio, ond methodd gario 'mlaen oherwydd ei chwerthin.

"Ti wedi..." ond chwarddodd drachefn.

"Ti wedi dechra... gorfwyta ers wythnos hefyd."

"Do, ond..."

"Mi rois i fwyd Tidls yn y *casserole* nos Iau d'wetha!"

Distawodd y chwerthin, ac edrychodd y ddau ar ei gilydd. Roedd y ddau yn herian drwy edrych. Pwy oedd yn mynd i ddweud beth yn nesaf?

"Deio?"

"Ia?"

"Pam nad ei di i folchi, ac mi awn ni i'r gwely llofft ffrynt – hefo'n gilydd?"

A thua'r amser hwnnw y cododd Pero a Tidls eu pennau o'u basgedi, snwffio'r awyr ddwy waith, cyn gwenu ar ei gilydd a dychwelyd i fyd eu breuddwydion.

Nansi

LONA GWILYM

EDRYCHODD NANSI arni ei hun yn y drych ac ochneidio. Yr oedd ei gwefusau'n rhy fach a'i thrwyn yn rhy fawr i'w llygaid ei hun; ymddangosai ôl *acne* ei harddegau fel Ceudyllau Llechwedd. Ochneidiodd drachefn, a gwisgo'i sbectol. Edrychodd arni ei hun eto a gofyn i'w llun, "Pam ddiawl na ddysgi di na waeth i ti heb ag edrych yn y drych bob bore? Ma' oes y gwyrthiau ar ben..."

Aeth i lawr i'w chegin a bwydo'i chath. Bwytaodd dair owns o Special K a chwpanaid o goffi di-lefrith a di-siwgr. O leiaf fe allai deneuo.

Wrth yrru i'w gwaith, cofiodd fod dyn newydd yn dechrau gyda'r cwmni y bore hwnnw a'i bod wedi addo y byddai'n ei gyflwyno i'w waith, fel petai. Griddfanodd Nansi; gallai ymdopi'n weddol â'i hagrwch yng nghwmni'r sawl a'i hadwaenai, ond roedd cyfarfod â phobl newydd yn fwrn, yn enwedig cyfarfod dynion. Ac yn fwy felly os oedden nhw'n ddynion golygus.

Parciodd ei char a cherdded am ei swyddfa. Ger y

fynedfa, safai Porsche du, awdurdodol a chynhyrfus. "Os mai hwn ydi car y boi newydd," meddyliodd, "i be mae o'n gweithio yma? Pam na 'rosith o adre a byw ar ei bres? Ynte ydi o wedi gwario'r cwbwl ar ffenest y siop?" Cerddodd i mewn i'r brif swyddfa i ganol trydar byrlymus yr ysgrifenyddesau.

"Hei, byddwch ddistaw," meddai. "Swyddfa ydi hon, nid ffair. A be sy 'di'ch cynhyrfu chi?"

"O, y boi newydd, Miss Preis…"

"Mae o'n hync…"

"Un ariannog, hefyd…"

"Esyllt, dwedwch chi'r hanes wrtha i, mi ga' i sens genno chi…"

"Be 'dech chi eisie ei wybod, Miss Preis?"

"Y cwbwl, plîs, dim ond gofyn i mi ei gymryd o dan f'aden wnaeth Mr Harries; wn i ddim byd amdano fo!"

Aeth Esyllt rhagddi i adrodd hanes Mr David Thwaite, y pishyn â'r Porsche, y gŵr tal, tywyll, swil, oedd yn drewi o bres, a chanddo fam yn y Bala… "Miss, mae o'n fab i sefydlydd Thwaite's Travel a mae o yma i ddysgu am y cwmni yma i weld fedar o gychwyn rhywbeth tebyg yn Yorkshire…" byrlymodd Esyllt.

"Is-gwmni i gwmni'i dad, felly?"

"Ie, a mae o yma am chwe mis… Mae o yn ych stafell chi rŵan…"

Wrth i Nansi gau'r drws ar eu cleber a chychwyn i fyny'r grisiau i'w hystafell, clywodd eiriau rhyw glerc,

61

"A does dim peryg i'r Breisen gael nibl fan yna!"
Cochodd a gwaredu ati ei hun am adael i'w geiriau
ei chyffwrdd. Cododd ei phen a cherdded yn dalsyth
i'w hystafell.

"Mr Thwaite, sut 'dech chi? Nansi Preis ydw i,
dirprwy brif gyfarwyddwr y cwmni."

"Rydw i'n iawn, diolch yn fawr i chi," ac ysgydwodd
law â hi'n gadarn.

"Dan 'y ngofal i y byddwch chi tra 'dech chi yma,"
ychwanegodd Nansi.

"Fe ddwedodd Mr Harries y byddwn i mewn dwylo
da..." a gwenodd arni'n gynnes.

Mi roedd o'n olygus... a gwnâi ei Gymraeg rhugl
a'i fymryn llediaith ef yn fwy deniadol, rywsut...
Trodd calon Nansi.

"Gymerwch chi goffi, Mr Thwaite?"

"Diolch... ond galwch fi'n David, os gwelwch yn dda."

"A Nansi ydw inne."

Pan gyrhaeddodd Mared, yr ieuengaf o'r ysgrifen-
yddesau, â'r coffi, sylwodd Nansi ar ddau beth: fod
sgert Mared yn anfeidrol o gwta ac nad edrychodd
David ar ei choesau! Gwenodd Nansi. Byddai hwn
yn dalcen caled i lefrod y swyddfa.

"Be 'dech chi am i mi neud efo'ch llythyre chi, Miss
Preis?"

"Rhowch nhw mewn ffeil i mi plîs, Mared, ac a' i â
nhw adre efo fi heno. A diolch am y coffi."

"Rŵan, ynglŷn â'r cwmni 'ma..." ailafaelodd Nansi
yn eu sgwrs.

"Mi wn i be 'di'r amcanion, eisie gweld y peth ar waith ydw i..."

"Iawn. Awgrym Mr Harries oedd ych bod chi'n treulio peth amser yn dysgu hanes y cwmni ac yn darllen yr adroddiadau blynyddol ac ati. A mi ateba i'ch cwestiynau chi."

"Ma' hynna'n swnio'n ddelfrydol, Nansi."

"Dwi'n falch o glywed. Wedyn, mi gewch ddod efo fi o gwmpas y wlad i gyfarfod cwsmeriaid ac ati, a bod efo fi pan fydda i'n 'u cyfarfod nhw yn y swyddfa hefyd."

"Diolch i chi. Ond dwi'n rhyfeddu ych bod chi'n barod i fod mor agored efo fi..."

"David, fydd ych cwmni chi ddim mewn cystadleu-aeth â ni. Cwmni i Yorkshire fyddwch chi, 'den ni'n fodlon ar Gymru a'r Gororau! 'Den ni hefyd yn falch iawn o gael brolio'n llwyddiant, ar ôl i sawl un amau'r fenter ar y cychwyn."

"Alla i ddeall hynny." Ac oedodd ei lygaid ar Nansi, eiliad yn hwy nag oedd raid.

"Lle 'dech chi'n aros?" holodd Nansi, a hanner 'difaru wrth wneud.

"Yn y *George*," meddai. "Mae o'n iawn, ond..."

"Ddim cystal ag adra... cysuron teulu."

"Does gen i ddim teulu. 'Sgynnoch chithe?"

"Wel..." llyncodd Nansi ei phoer, "mae 'mrawd yn byw drws nesa i mi, ac mae o wedi gorfod mynd i Ostrelia; y mae croeso i chi i'r tŷ..." Prin y medrai Nansi gredu iddi fod mor hy.

"Diolch, diolch o galon i chi," atebodd. "Doeddwn i

ddim yn edrych ymlaen at chwe mis o fywyd gwesty."

"Cofiwch, tŷ bychan iawn ydi o, ac mae o drws nesa i mi, wedyn fe fydd ganddoch chi gath am dipyn go lew o'r amser achos mae 'nghath i'n byw yno am fod Gwion adre fwy nag ydw i, fel arfer..."

"Peidiwch â phoeni, Nansi. Dwi'n licio cathod. A dwi'n siŵr y byddai bod yn gymydog i chi yn beth reit braf hefyd."

Gwenodd arni eto nes bod coesau Nansi'n simsanu odani. Melltithiai'r ffaith fod hwn mor ddeniadol, ond meddai'n wên i gyd, "Reit, ma' hynna wedi'i setlo 'ta. Mi a' i â chi yno ar ôl cinio... a rŵan, gadewch inni fynd am dro o gwmpas yr adeilad 'ma..."

Agorodd David y drws iddi a'i chanlyn. Ac wrth iddi ei dywys, ychydig a feddyliai Nansi fod David yn rhyfeddu at ei diffyg hyder... ac yn edmygu ei choesau.

" 'Dech chi'n ffurfiol iawn efo'r gweithwyr, Nansi..."

"A minna'n ferch o gyfarwyddwr, David, mae'n mynd yn anodd fel arall."

"Wel mae 'na awyrgylch braf yma – swyddfa mor fodern heb golli dim o gymeriad yr hen adeilad..."

Roedd hi'n amser cinio cyn iddyn nhw droi.

"Cantîn y staff ynte'r *George*?" holodd Nansi.

"Y *George* os ca' i dalu..."

"Iawn, David, a diolch i chi..."

Buan y setlodd y ddau i rwtîn. Bu'r wythnosau nesaf yn agoriad llygad i Nansi. Tybiai fod David yn ddigon hoff ohoni; treuliai gyfran go dda o'i amser hamdden gyda hi yn ogystal â'i oriau gwaith. Âi â hi i gyngherddau a dramâu ac am swper gyda'r nos, neu fel arall fe setlai i wylio'r teledu yn ei chwmni fin nos, a Modlen y gath yn swp blewog ar ei lin. Dechreuodd Nansi ddibynnu arno. Arswydai wrth feddwl bod hebddo, ond cysurai ei hun y byddai ganddi atgofion, o leiaf. Un noson, aeth â hi allan am swper a chyn cychwyn adref, dywedodd wrthi,

"Well i ti yrru. Dwi wedi yfed gormod..."

Gyrru'r Porsche, meddyliodd.

"Wyt ti'n siŵr, David?"

"Berffaith."

Eisteddodd hithau'n dringar yn sêt y gyrrwr.

"Ro'n i'n meddwl na fydde raid i ni symud sêt y gyrrwr... dwi'n gwbod 'mod i'n dal, ond be am y coese hirion hyfryd 'na..."

Geiriau teg gŵr meddw, meddyliodd Nansi, a'i anwybyddu'n llwyr. Ni ddaeth i mewn am goffi ar ôl cyrraedd adref. Ond ar ôl y noson honno, dechreuodd y ddau ohonynt rannu car i'r gwaith.

Sylwodd yr ysgrifenyddesau ar hyn, wrth gwrs; tref fach oedd Llangyfeiliog! Un nos Wener, safent yn ôl eu harfer yn un haid drystiog ym maes parcio'r cwmni yn trafod eu cynlluniau am y penwythnos. Pasiodd David a Nansi hwy ar eu ffordd i'r Porsche.

"Dreifia di, Nansi, dwi wedi blino."

"A beth petawn i'n dweud 'y mod i wedi blino?" gwenodd hithau arno.

"Tacsi fyse'n rhaid iddi fod, felly!" cellweiriodd yntau a gwasgu ei llaw.

Ac o ganol yr haid, clywodd Nansi yn eglur, "Diaist i, ma'r Breisen *wedi* cael nibl!" A llais arall yn dweud, "Ond dim ond am 'i bod hi'n brinieth ar y creadur... a hithe'n byw drws nesa..."

Cochodd Nansi a'u hanwybyddu. Felly hefyd David i bob golwg. Ond wedi iddynt eistedd yn y car, trodd ati, ei chofleidio a'i chusanu. Teimlodd Nansi fod y byd wedi arafu... ymatebodd yn dringar... Synhwyrodd fod eu cynulleidfa yn syfrdan... a pheidiodd y gusan. Gyrrodd Nansi adref mewn distawrwydd llethol.

"Diolch, David. 'Dech chi 'di bod yn garedig wrtha i," meddai Nansi wrth gyrraedd y tŷ.

"A phwy dd'wedodd mai caredigrwydd oedd o?"

"Be arall fedre fo fod?" A cherddodd Nansi i'r tŷ ar ei hunion. Mynnodd David ei dilyn.

"Pam?" holodd.

Edrychodd Nansi arno. "Os na wyddoch chi pam, 'dech chi un ai'n ddall neu'n hynod o ansensitif... Edrychwch arna i..."

"Rydw i *yn* edrych... ac yn mwynhau be wela i." Cofleidiodd hi. "Wyddost ti be ydw i'n 'i weld?"

Ysgydwodd Nansi ei phen cyn ei bwyso ar ei ysgwydd, gan ymhyfrydu yn ei gyffyrddiad tyner cynhyrfus.

"Dynes gref, dyner, gall... a chanddi'r llyged hardda a'r coese godidoca weles i. A dynes a gafael ynddi hi, nid rhyw grispen fain... Dwi'n dy garu di; i mi ti yw'r ddynes hardda wn i amdani."

"Ond plaen ydw i..."

"Nansi fach, chlywaist ti mo'r hen ddihareb? *'Beauty is in the eye of the beholder, ugliness is in the eye of the beheld'*? Cred ti fi, Nansi, 'nghariad i, rwyt ti *yn* hardd... nid harddwch bocs siocled mohono, ond rhywbeth mwy cynhyrfus o lawer. Dwi'n rhyfeddu dy fod ti'n dal ar gael, yn ddibriod, a ti'n gwbod pam? O achos dy ddiffyg hyder di dy hun... a dallineb dynion ffordd hyn..."

Cododd Nansi ei phen ac edrych yn ddwfn i fyw ei lygaid. Gwelodd y cynhesrwydd ynddynt, yr addewid a'r cadernid. Ond roedd hi'n mynnu dal 'nôl.

"Ond be deimlet ti wrth fy nghyflwyno i i dy gyfeillion a dy deulu?"

"Balchder," meddai. A'i chusanu eto. A'r tro hwn nid oedd unrhyw betruster yn ei hymateb.

"Ty'd," sibrydodd. "Awn i ddathlu'n dyweddïad ni... fodlona i ar ddim llai... a phan ddown ni'n ôl, mi brofa i ti pa mor hardd wyt ti... Gêm?"

"Gêm." Gwenodd arno a'i gusanu'n frysiog cyn sibrwd wrtho, "A fodlona inna ar ddim llai, chwaith."

Chwarddodd David a'i rhyddhau gan ddweud, "Ond caria di 'mlaen i edrych arna i fel'na, a 'dwn i'm a alla i aros cyhyd!"

"Ond aros gei di, was," cellweiriodd Nansi cyn mynd i newid ei dillad.

Wedi'r pryd godidocaf a'r daith yn y Porsche,

roedd hyder newydd Nansi wedi diflannu unwaith eto. Roedd arni ofn, ofn y gwrthodai David hi pan welai hi... ofn methu â'i blesio... yr oedd ei hofn yn drech na'i chynnwrf, er cymaint oedd hwnnw.

"Coffi, David?" holodd.

"Na, mae gen i siampên drws nesa, a' i i'w nôl o rŵan..."

Pan ddaeth yn ôl i'r tŷ, cofleidiodd hi a sibrwd,

"Gad i ni fynd i'r llofft i mi gael profi dy harddwch di, 'nghariad i."

"Dos di o 'mlaen i, David, mae gen i eisie bwydo Modlen a chymryd cawod."

"*Diversionary tactic* da, Nans, ond weithith o ddim, fe fydda i'n disgwyl amdanat ti... A dwi'n addo i ti, 'nghariad i, y bydd popeth yn iawn, dyro gredyd i mi am wybod be dwi'i eisie, Nans fach."

"Ocê..." Swatiodd ato. "Fydda i ddim yn hir."

"Well i ti beidio â bod, ne' yn y gawod 'na efo ti fydda i..."

Pan gyrhaeddodd yr ystafell wely, roedd David yn gorwedd ar y gwely yn disgwyl amdani, a hyd yn oed wrth gerdded i'r ystafell, gallai synhwyro ei eiddgarwch. Gorweddodd yn ei ymyl a diffodd y golau.

"A dyna'r tro ola y gwnei di hynny, dwi'n addo i ti," meddai David wrthi. "Y tro nesa, fe fyddi di'n gwbod dy hun dy fod ti'n hardd..."

Cusanodd hi'n ddwfn. Ymatebodd hithau. "Dwi'n dy garu di, David," sibrydodd wrtho.

"A finne tithe... A dyna ddigon o siarad..."

Yr oedd y wawr ar dorri pan syrthiodd y ddau i gysgu ym mreichiau ei gilydd. "Pryd oedd hwnna, nid nibl," sibrydodd Nansi yn ei glust. Sŵn David yn chwerthin oedd y peth olaf a glywodd cyn cysgu yn ei freichiau.

Trannoeth, cododd Nansi i wneud paned iddynt a mynd â hi'n ôl i'r ystafell wely. Gwyliai David hi'n dod dan wenu.

"A be sy mor ddoniol?" holodd ef gan gymryd arni ffromi.

"Dim, Nans fach, diolch ydw i mewn difri... edrycha arnat ti dy hun."

Gwenodd Nansi pan sylweddolodd ei bod yn noeth ac yn hyderus o noeth.

"A diolcha 'i bod hi'n fore Sadwrn," meddai, "i mi gael dy garu di eto ac eto ac eto... a mynd â thi pnawn 'ma i ddewis modrwy."

Edrychodd Nansi yn y drych a sibrwd wrthi ei hun, "A phwy ddwedodd fod oes y gwyrthiau wedi dod i ben?"

"Oeddet ti'n siarad efo fi?" gofynnodd David.

"Nag oeddwn – efo rhywun o'r gorffennol."

Cerddodd at y gwely a chofleidio David. Yr oedd ei ymateb yn sicr a gwyddai Nansi mai'r dyn golygus a godidog hwn fyddai ei byd hi bellach, a'i fod ef yn gweld ei ddyfodol yntau ynddi hithau hefyd.

Gwyn y Gwêl

MELERI ROBERTS

"Sut noson gest ti felly?"

"O, distaw, sti!"

"Distaw, yn y lle yma? Paid â thynnu 'nghoes i."

"Na, *action stations* – fel arfar. Wsti be, mae babis fel cwningod – yn dŵad allan ar ôl iddi dywyllu!"

Chwarddodd y ddwy am ben yr hen jôc, a oedd yn rhyfeddol o agos i'w lle – roedd cenedlaethau o nyrsys yn fodlon tystio i'r ffaith.

Pwysodd Rhian Jones yn ôl yn ei chadair blastig, gan ymestyn ei choesau allan o dan y bwrdd. "O!" – ochenaid hir o flinder a bodlonrwydd, heb fod angen geiriau. Roedd yn ddigon hawdd dweud pa un o'r ddwy nyrs a eisteddai o bobtu'r bwrdd bychan oedd newydd orffen ei shifft.

"Faint gest ti neithiwr – faint o'r diawliaid bach landiodd?"

"O tri... neu tair ddyliwn i ddeud."

"Trafferth?"

"Na... wel, dim fel rwyt ti'n feddwl beth bynnag. Gei di weld, cei?" Ac ar hynny, drachtiodd Rhian weddillion ei phaned, gan godi a throi am y drws.

"Mynd yn barod, Nyrs Jones?" pryfociodd Carol yn llawn cellwair.

"Tisio bet? Mae'n dŵad i rwbath pan dwi'n aros yma pan nad oes raid i mi, tydi? Wela i di bora fory."

Ac i ffwrdd â hi tuag ystafell y staff er mwyn diosg y wisg wen drwsiadus, a diosg y cyfrifoldebau a'r malio oedd yn gymaint rhan ohoni hefyd.

Edrychodd Carol ar ei horiawr. Amser i gychwyn arni a chael golwg ar y drindod newydd oedd wedi cyrraedd y ward. Cerddodd ar hyd y coridorau diddiwedd o dan lach y stribedi trydan didostur. Mor rhyfedd, meddyliodd Carol, oedd ei bod hi a chynifer o rai tebyg iddi yn chwarae rhan mor hanfodol yn oriau cyntaf miloedd o unigolion bychan, ac yna, unwaith roedd y pethau gwan diniwed yn mynd drwy ddrws yr ysbyty – dyna'i diwedd hi. Y cysylltiad yn cael ei dorri mor gyfan gwbl ac mor ddidostur ag y torrir y cortyn rhwng y fam a'i phlentyn. Rhyfedd o fyd.

"Tair aelod newydd i'r côr sgrechian, felly!" Gwelodd Carol fod Mair yno o'i blaen yn eistedd y tu ôl i'r ddesg fawr yng nghanol y coridor – ynys fechan o drefn a challineb yng nghanol môr o anhrefn.

"Dyna ti, Carol. Rhiannon Edwards – merch; Carys Hughes – merch; a Sheila Davies – merch."

Chwifiodd Mair ei braich i lawr y ward gan bwyntio at y gwelyau oedd wedi cael eu cuddio gan lenni blodeuog. Pob mam fel iâr yn glyd o fewn ei nyth cyfforddus, yn llechu tu mewn gan gogio nad oedd hi yno o gwbwl.

"Tair Cymraes fach felly – da iawn."

"Ia, gawn ni weld 'de." Roedd Mair yn anfodlon gweld yr ochr olau, fel arfer.

"Mae Mr Edwards i mewn hefo babi nymbar wan rŵan."

"O! Y tad balch!"

"Eisiau cael yr holl helynt allan o'r ffordd cyn mynd i'w waith, os ti'n gofyn i mi."

"Mair! Lle mae dy ewyllys da di?"

"Ar goll rwla o dan yr holl bapura 'ma. Ond mi gei di weld, fi sy'n iawn!"

"Well i mi fynd i 'nghyflwyno fy hun."

Tynnodd Carol y llen flodeuog o'r ffordd a daeth wyneb yn wyneb â Trefor Edwards. Darllenodd Carol y symbolau – cot gamel laes, siwt drwsiadus, tei allai agor drysau, oriawr fawr ddrud. Edrychodd Trefor ar yr union oriawr honno, ac yna ar Carol – y tad balch? Hwyrach mai ar frys oedd o...

"Mr a Mrs Edwards? Fi ydi Staff Nyrs Carol Williams – llongyfarchiadau i chi..."

"Pam, deudwch? Yli Rhiannon, rhaid i mi fynd – ti'n gwybod, cyfarfod pwysig. Mi alwa i heno... mae'n siŵr. Esgusodwch fi." A chyda chipolwg brysiog ar Carol, i ffwrdd â fo yn gorwynt mewn cot gamel.

Syllai'r ddwy wraig ar ei gilydd ar draws y nyth bach, nad oedd hanner mor glyd erbyn hyn.

"Mae o'n brysur iawn, 'chi – dyn busnes."

Rhiannon yn ceisio hel esgusodion – er budd pwy, nid oedd Carol yn siŵr iawn. Ond penderfynodd mai ymuno yn y gêm fyddai orau.

"O, does dim rhaid i chi ddweud wrtha i – mae'n siŵr ei fod o wedi blino ar ôl bod yma drwy'r nos."

"Ym, na... fuo fo ddim. Roedd ganddo fo ginio neithiwr – wyddoch chi sut mae hi. Mi nath ffonio, chwarae teg, ond mi ddeudodd y nyrs mai hogan oedd hi." Amneidiodd at y crud wrth ymyl y gwely, heb edrych arno. "Felly..." Daeth y llais ysgafn, cwynfanllyd i ben yn gloff. Aeth Carol at y crud gan estyn ei bys ar hyd afal perffaith boch y babi. Cysgai'r fechan heb wybod na malio y fath niwsans roedd ei hymddangosiad wedi ei greu.

"Wrth gwrs mi gawn ni drio eto – hwyrach y byddwn ni'n fwy lwcus tro nesa. Does dim ots, mi rydan ni'n dau yn ddigon ifanc. Hogyn fydd o'r tro nesa, yntê nyrs?" Trodd yn ymbilgar tuag at Carol, fel pe bai ganddi hi ryw lais yn y cyfan.

"Na! Na! Cerwch â hi o'ma!"

Torrodd y gweiddi croch ar draws heddwch y ward, gan achub Carol rhag ateb cwestiwn tynged-fennol y wraig. Rhuthrodd i mewn at y gwely nesaf lle gwelodd nyrs ifanc, ofnus yn cydio mewn babi sgrechlyd, tra oedd merch yn bytheirio arni o'r gwely.

"Reit, nyrs, ewch â'r babi i ffwrdd am funud os gwelwch yn dda – mi wna i ddelio hefo hyn."

Edrychodd y nyrs yn ddiolchgar ar Carol wrth fynd

heibio, gan gysuro ei bwndel brau.

"Carys, ia?" Cymerodd Carol gam tuag at y gwely a'r ferch ifanc bwdlyd. "Ydach chi am ddweud wrtha i ydi'r broblem?"

Trodd y ferch ei phen draw. Allai hi ddim bod fymryn hŷn na dwy ar bymtheg, a sylwodd Carol ar y gwallt lliw potel oedd yn dechrau dangos gwreiddiau tywyll, a'r paent coch oedd yn plicio'n graciau oddi ar yr ewinedd.

"Dowch rŵan, Carys, wnewch chi ddweud be sy'n eich poeni?"

"Yr hen nyrs wirion 'na – yn disgwyl i mi adael i'r babi…" Yr oedd geiriau wedi ei threchu, ond roedd yr olwg ar ei hwyneb yn ddigon…

"Tydach chi ddim isio bwydo'r babi eich hun – dyna sydd, ia?" holodd Carol yn garedig.

"Bwydo? Ych – nac ydw, siŵr. Be mae *Cow and Gate* yn da? Ych – am ofnadwy. Dwi'm isio gweld yr hen sguthan fach, heb sôn am adael iddi… ych!"

"Hwyrach y byddwch chi'n teimlo'n well tuag at y babi yn nes ymlaen."

"Y? Be haru chi, 'dwch?"

"Y… Carys," dechreuodd Carol yn betrusgar. "Ydach chi wedi meddwl am fabwysiadu? Hwyrach y byddai…"

"Be? Gadael i rywun 'i adoptio hi, 'dach chi'n feddwl? *No way!* Hon 'di'r unig beth sgin i, ac *anyway*, ddeudodd y *social worker* y basa hi'n trio ca'l fflat neu rwbath i mi – well bo fi'n ca'l rwbath am roid i fyny hefo brat fatha honna."

Cododd Carol a cherdded yn gyflym oddi wrth y gwely a Carys a'i hagweddau cyfoglyd. Sut gallai mam ddweud y fath bethau? Sut oedd hogan mor ifanc wedi llwyddo i fagu syniadau mor sinigaidd? Nid gofyn cwestiynau oedd ei lle hi, siarsiodd Carol ei hun yn llym. Ond mewn swydd fel hon, lle'r oedd yr oriau'n hir a'r cyflog yn isel, y syniad ei bod hi'n gwneud rhywbeth o werth oedd yr unig beth fyddai'n ei chadw i fynd weithiau. Ond rŵan, ar ôl cyfarfod â'r ddwy fam berffaith yma...

Gydag ochenaid, symudodd y llenni er mwyn gweld beth oedd gan y trydydd gwely i'w gynnig.

"Helô, nyrs." Daeth y llais distaw, llawn cyffro o grombil clydwch y nyth. Safai Carol a'i cheg yn agored, yn syllu ar wyrth y fam a'i phlentyn. Eisteddai gwraig ganol oed i fyny yn y gwely, gan gydio yn ei bwndel bregus mor falch â phetai'n dal gemau'r goron. Roedd ei hwyneb yn olau gan gariad a thynerwch, a'i llais yn canu grwndi'n ysgafn uwchben y trysor yn ei breichiau.

"Ydach chi isio'i gweld hi?"

Roedd hi'n dal i sibrwd.

"Mae hi newydd fynd i gysgu, ond os fyddwch chi'n ddistaw dwi'n siŵr y bydd hi'n iawn."

Cynigiodd y baban i Carol, ac estynnodd hithau ei breichiau i gydio ynddi'n llawn gofal.

"Llinos dwi am ei galw hi – ydach chi'n meddwl ei fod o'n 'i siwtio hi?"

Edrychodd Carol ar y lwmpyn pinc, a suddodd ei chalon. Yr wyneb mawr llydan, y llygaid siâp almwn – y nodweddion i gyd. Plentyn Down's Syndrome. Teimlodd Carol ei llwnc yn tynhau. Edrychodd ar y babi yn ei breichiau, na fyddai byth yn gallu byw bywyd normal, na fyddai byth yn datblygu'n feddyliol yn amgenach na phlentyn deg oed...

"Ydi hi'n iawn, 'dwch, nyrs? Does 'na ddim gormod amdani, nag oes?"

"Na." Brwydrodd Carol i gael ei geiriau allan mewn llais normal. "Na, mae hi'n iawn – *champion*." Gwenodd yn wan.

"Ydi, mae hi, tydi?"

Cytunodd y fam gan dderbyn y baban yn ôl i'w mynwes wresog. Trodd at y plentyn a mwmial yn isel,

"Ti'n iawn, yn twyt 'mechan bach i?... Ti'n berffaith."

I'r Llwch

HARRI PRITCHARD JONES

Doedd ganddi ddim syniad sut i ymateb i'r diwrnod: trydydd pen blwydd y digwyddiad.

Roedd y tywydd yn awgrymog: haul llym y gaeaf yn tyneru wrth gael ei hidlo drwy'r gwlith a'r tarth wrth iddi gerdded o gwmpas llyn Parc y Rhath. Roedd hi'n ymwybodol o bobl eraill y bore yma. Llawer ohonyn nhw: pobl hŷn, wedi ymddeol yn fuan neu yn eu pryd; pobl wedi eu sigo gan afiechyd neu brofedigaeth, rhai mewn cadair olwyn, rhai'n ddibynnol ar gi. Ond roedd yna bobl ifanc hefyd, fel hi. A'r rhan fwyaf o'r rheini'n fywiog ac yn llawn asbri. Myfyrwyr yn bennaf, mae'n debyg; ei chyfoedion hi, petai hi wedi aros ymlaen.

Roedd rhai pobl yn loncian. Pobl yn hyfforddi ar gyfer rhyw gamp neu'i gilydd, debyg; eisiau profi eu bod yn heini o hyd – neu'n ffoi rhag rhyw ofid arall... Cododd alarch ifanc du ei esgyll mawreddog a hedfan ar draws y llyn at ei gymar. Hwyrach y dylai hithau ddechrau loncian.

Ta waeth, roedd y gwanwyn ar y trothwy, blagur

ar fin ymagor, eirlysiau a saffrwm ac ambell genhinen Pedr wedi torsythu cyn pryd oherwydd tynerwch y gaeaf. 'Gaeaf las, mynwent fras.' Teimlodd y brath unwaith eto; doedd hi ddim wedi'i deimlo ers tro bellach. Ddim hyd yn oed wedi teimlo'n euog am beidio teimlo'n euog bob tro y gwnâi rywbeth braf; bob tro y mwynhâi'i hun. Ond teimlodd bang o euogrwydd rŵan.

Euogrwydd...? Taniodd ffag wrth ddal i gerdded. Euogrwydd afiach, meddai rhai wrthi; cadw'n ffyddlon cyhyd, a hynny heb reswm digonol. Neb yn deall... neb eisiau deall... neb yn medru deall... neb wedi cael yr un profiad, na phrofiad cyffelyb.

Gwenodd un o'r loncwyr arni wrth fynd heibio. Gwên lydan, awgrymog, ond ddim yn aflednais.

Roedd y jîns du'n gweddu iddi, a'r wasgod yn arddangos ymchwydd ei bronnau dan y sweter... Fel y tynnai Jo ei choes am iddi flodeuo'n gynnar! Oedd, roedd hi'n dal i fod yn ymwybodol o'i gwedd a'i gwisg a'i hosgo drwy'r holl drybini. Mi wawdiodd Karen hi'n dyner ba noson, ar ôl boliad o seidr; awgrymu ei bod yn defnyddio mwy ar gyhyrau'i llygaid nag ar rai ei gwddf. 'Histrionig' oedd y gair cyhuddgar – yr hen gythraul iddi. Petai Karen wedi cael yr un profiadau â hi! Reit hawdd iddi hi, dim ond colli'i mam ryw filltir neu ddwy i ffwrdd... ac yn cael ei gweld hi bob Sadwrn beth bynnag. Colli'n derfynol oedd yn sigo'r ysbryd...

Trueni na fedrai Mam loncian... ar ei gwaethaf, methodd beidio â gwenu wrth feddwl am y syniad.

*   *   *

Cofiai ei thad, oedd yn unig blentyn ei hun, yn sôn amdanyn nhw'n blant bach. Roedd o mewn hwyliau y diwrnod hwnnw, gyda'r nos ar ddydd Gwener, a digon o amser ganddo fo i wrando, a dweud ambell hanesyn:

'Dyna lle'r oeddwn i, yn stond a syfrdan ar y landin. Mam yn dal yn y gwely, a finna 'di mynd i neud panad... A dyma fi'n ych cl'wad chi!'

Roedd ei lygaid yn pefrio:

'Ro'n i'n ych cl'wad chi'n glir, y ddau 'noch chi...' oedodd i'w cael nhw i bryderu a rhyfeddu:

'Roeddach chi'n siarad – rhyw fath o siarad. Duw a ŵyr be oeddach chi'n ddeud... ond roeddach chi'n dallt ych gilydd, roedd hynna'n amlwg ddigon... Dew, mi ro'n i'n eiddigeddus – sylweddoli be o'n i 'di golli.'

Trueni fod rhaid iddo sôn am ei deimladau fo bob amser, ond mi sylweddolon nhw mor rhyfeddol oedd eu perthynas nhw.

*   *   *

Mi gyrhaeddodd! Dim sioc na siom. Roedd ei mam wedi ei rhybuddio hi mewn pryd, a gwneud hynny heb godi ofn na chwithdod. Dyna'r tro cyntaf iddi gael sgwrs iawn efo'i mam, bron fel oedolyn. Fel arfer, roedd hi'n rhy brysur. A beth bynnag, roedd Jo yno drwy'r amser. Wedi bod yno, drwy'i bywyd hi, gydol y beit, ers ei geni hi – a deng munud yn gynt!

Na! Roedd y ddau yno o'r union un pryd: yr eiliad pan unodd dau o had Dad â dau o wyau Mam. Roedd y ffilm yna yn yr ysgol yn rhyfeddod. Jo a hithau efo'i gilydd yn ei wylio, ond y merched yn gorfod gweld y ffilm arall, am y mislif, ar wahân. Pam? Pam?

Ond, o feddwl, go brin fod y ddau had wedi glynu wrth y ddau wy yn union yr un pryd. Nofio o gwmpas nes cyrraedd y nod – a dyna gychwyn ar Jo ac arni hi! Hwyrach mai hi oedd yr hyna wedi'r cwbl!

Ta waeth, ar ôl bod efo'i gilydd yn yr un groth, yr un crud, yr un goets fach, yr un ysgol feithrin a'r un llofft, mi fu raid eu gwahanu. Am eu bod o wahanol ryw... Roedd y peth fel mynd yn ôl i fod y naill ar un fron a'r llall ar y llall...

Nhw, er hynny, yn trio'u gorau i gadw ynghyd: gwneud pethau efo'i gilydd, a'r un pryd. Ffag gynta – Benson & Hedges! Hi'n tanio'i hun hi, a Jo'n tanio'i un o oddi ar 'i hun hi! Roedd y tân yna'n parhau hyd heddiw, gan iddyn nhw'll dau fethu bob tro â rhoi'r gorau i'r arfer, ac ers y ddamwain doedd hi ddim hyd yn oed wedi trio gwneud hynny. Mewn cymylau hudol o fwg y bydden nhw'n sôn a chwedleua a mân-chwerthin am Ryw a beth oedd yn ffilm y genod! Sws fach fentrus, hurt – waharddedig! Ond roedden nhw'n dechrau synhwyro bod eu llwybrau yn dechrau ymwahanu, yn gorfod gwahanu. Mor ofidus a ffwndrus am hynny nes methu'n lân â sylweddoli fod llwybrau eu rhieni'n dechrau mynd ar wahân, ar chwâl, hefyd...

*   *   *

'Sut mae'r plorod 'na heddiw?! Digon o Biactol s'isio!'

'Twll dy din di, Ffaro! Be am y cen yn dy wallt di! Hyd dy sgwydda di i gyd. Ych a fi!'

Gwaedd: 'Ddim eto! Dau o'r un groth yn methu cyd-dynnu... Pryd 'dach chi isio bwyd?'

Tynnodd y ddau wynebau ar ei gilydd, a gwatwar eu mam ar yr un pryd.

'Rwbath neith tro.' Yna'n dawel: 'Rwbath er mwyn t'welwch!'

'Wna i dost ichi ar ôl gorffen y deisen 'ma. Gawn ni rwbath mwy sylweddol pan ddaw Dad... fydd o'n ôl erbyn saith heno, gobeithio.'

Cododd eu haeliau.

'Iawn, Mam fach. Diolch!'

Chwarddodd ei chwaer yn lled-ddirmygus. Tynnodd yntau ei dafod arni cyn diflannu i fyny'r grisiau i'w lofft. Aeth hithau at y piano, i drio rhoi trefn du a gwyn ar ei theimladau cymysg, wrth chwarae Ffantasia yn C gan yr hen Handel. Clywodd ei mam yn cau drws y gegin rhag y sŵn. Wrth i'w dwylo ddilyn y gerddoriaeth yn ôl ei threfn arfaethedig, cafodd ei meddwl ryddid i grwydro. Roedd dewisiadau pwysig o'i blaen – ac o flaen Jo hefyd: dewis pynciau TGAU – a feiddiai'r un ohonyn nhw wneud llai o bynciau na'r llall. Yn ogystal, byddai'n rhaid i'r ddau ohonyn nhw lwyddo cystal â'i gilydd, neu mi fyddai yna bwdu a gwenu. Roedd yn bwysicach fyth iddi hi lwyddo gan ei bod yn ferch, ac am ei fod yntau'n clochdar o hyd mai fo oedd yr hynaf – o ddeng munud! A'r deng munud hynny wedi bod o bobtu ganol nos, ac wedi golygu dyddiadau pen blwydd gwahanol! Y cythraul lwcus!

O leiaf, doedden nhw ddim yn unwy; roedd cyfraniad ar wahân gan y fam a chan y tad i'r naill a'r llall ohonyn nhw. Pawb yn dweud mai'r union un llygaid a chlustiau a thrwyn oedd ganddyn nhw: rhai glas, rhai main, agos at y benglog, a rhai braidd yn smwt. Ond llygaid brown oedd gan Dad, a chan Mam yn unig yr oedd gwaelodion i'w chlustiau – dim ond hi fedrai wisgo clustdlysau crog go iawn. Hwyrach mai dyna pam y dewisodd hithau roi stydsen yn ei ffroen – er mawr ofid i'w mam, a difyrrwch slei i'w thad. Roedd hi a Dad yn deall ei gilydd – bryd hynny – a Jo hefyd y rhan fwyaf o'r amser. Ond Mam... roedd hi'n rhy brysur, a rhy ddifrifol, druan.

*   *   *

Clustfeinio wnaeth Jo, a dweud wrthi hi wedyn. Aeth y ddau i'w llofft hi a'u pennau yn eu plu, ar ei gwely hi – ei braich hi am ei ysgwydd o wrth iddyn nhw ystyried pa mor ddrwg oedd pethau.

Be ddigwyddai iddyn nhw? Doedden nhw ddim wedi meddwl fod pethau mor ddrwg... Roedd Lerpwl yn bell... Un efo un a'r llall efo'r llall? Aeth hithau i wylo'n hidl; y ddau'n pwyso'u pennau ar ei gilydd ac yn cofleidio'i gilydd yn dynn; eu llygaid llydan agored yn rhythu ar wacter waliau gwahanol, a sŵn llais Sinead O'Connor yn dal i grochlefain o'u cwmpas.

*   *   *

Daeth y lonciwr heriol yna o gwmpas eto – adnabu hi'r wên. Roedd hi wedi cerdded heibio cofeb Capten Scott heb yn wybod iddi, fel pe bai mewn hunllef. Petai hi'n medru mynd i un o'r colegau chweched dosbarth yna'r flwyddyn nesaf, a llwyddo, hwyrach yr âi hi i ryw goleg yn Lerpwl wedyn – nid er mwyn bod yn agos ato fo – a Sheila! – er y byddai'n braf cael gweld mwy ohono fo am dipyn. Cael mymryn o hwyl yr hen ddyddiau. On'd oedden nhw'n ddyddiau da...? Cymaint o gwmpas fan'ma i'w hatgoffa o hynny: y cychod rhodli yna pan oedden nhw tua naw oed, a'r rhai rhwyfo wedyn – pan oedden nhw'n meddwl eu bod yn tyfu'n oedolion! Y Plas Gwydr fan'cw lle'r oedd yr holl blanhigion ac adar ecsotig – a gwres ar ddyddiau gaeaf.

Caeodd ei llygaid yn dynn, dynn er mwyn atal llifeiriant. Doedd hi ddim am i Leusa ei gweld hi'n crio. Roedd hi wedi penderfynu bod yn ddewr heddiw; yn gadarnhaol; roedd hi am droi congl –

am roi pethau y tu ôl iddi, a chodi'i golygon tuag at
ryw ddyfodol neu'i gilydd. Byddai hynny'n golygu
canu'n iach i'w phlentyndod a'i llencyndod cymysg-
lyd, cymhleth... Dim ond Tedi oedd ganddi i'w
gofleidio pan deimlai'n isel bellach.

Dechreuodd duthian, yna mynd i rythm loncian
arferol wrth groesi'r lôn fach ar draws y llyn yn ei
ben gorllewinol, a'r hwyaid a'r gwyddau a'r elyrch
yn sgrialu o'i ffordd.

*　　*　　*

Mae'r ddynes ganol oed smart acw, sy'n pwyso dros y
bont, yn beichio crio, druan! Trawodd y weledigaeth
yna hi yng nghrombil ei bol. Safodd yn syfrdan, nes
dychryn rhyw ferch fach oedd yn syllu arni. Aeth honno
at ei mam a glynu wrth ei harffed. Aeth Non i eistedd ar
sedd gyfagos, ei gwddf yn dynn a'i llygaid yn llosgi. Trodd
tuag at y llyn a'u cau nhw: gwelodd ei mam, yn yr un
osgo â'r ddynes yna, yn pwyso dros sinc y gegin, ei dwylo
i'w gweld yn gwasgu ymyl y sinc, a'i gwallt yn hongian
yn aflêr dros ei hwyneb. Doedd hi ddim yn ymwybodol
fod neb arall yn y tŷ, gan mai dod adre'n gynnar wnaeth
Non drwy gael pàs gan un o'r athrawon... Dagrau i'w
clywed yn llifo. Daeth dagrau hyd at ben argae'i
hamrannau hithau, a dyheai am fynd at ei mam i'w
chofleidio – a chael ei chofleidio ganddi. Yr un rheswm
oedd gan y ddwy i alaru, er nad am yr un peth yn union,
mae'n debyg. Ond feiddiai Non ddim mynd at ei mam y

funud dyngedfennol honno, ddim dros ei chrogi – na fyth wedyn, rhag peri gofid pellach iddi; rhag gwneud iddi chwalu fel llestr crochenwaith mirain. Llyncodd ei gofid a sleifio allan o'r tŷ, yn teimlo'n affwysol o unig.

*   *   *

'Mae hi 'di cymryd y peth yn rhyfeddol o dda, tydi?' meddai fo'n gyndyn.

Cydsyniodd Non, heb yngan gair, wrth iddi hi sathru'r drosol i danio modur yr Yamaha. Doedd hi ddim wedi medru dweud wrtho fo am ei mam yn torri'i chalon, er iddi fynd yn syth i'w gyfarfod o ar ei ffordd adref o'r ysgol; a mynnu mynd am ffag a gwrando ar fiwsig metel trwm yn ei llofft, cyn wynebu ei mam. Tybed a oedd ganddo fo unrhyw syniad pa mor enbydus o drist oedd eu mam? Beth bynnag, doedd hi ddim am roi baich ychwanegol ar ei ysgwyddau.

Er gwaethaf eu perthynas a'u sefyllfa ddyrys, roedd Jo'n medru edmygu pa mor ddeniadol oedd ei chwaer yn ei gwisg ledr a'r helm yna; fel rhyw Angyles y Fall. Mi lwyddodd hi i danio'r beic modur yn y diwedd, a suddodd i'w sedd yrru. Camodd yntau i'r sedd y tu ôl iddi a rhoi ei freichiau am ei chanol. Rhuodd y tri i ffwrdd, y beic yn mynnu eu cludo tuag at Lerpwl, a'r tad oedd wedi gadael cartref a sefydlu cartref newydd... Eu cludo, hefyd, oddi wrth eu mam, dros dro.

Roedden nhw'n falch o gael cau eu meddyliau rhag eu gofidiau a'u hofnau, a thybiai'r ddau – er ar wahân yn eu gofid – mai cyffelyb oedd profiad y naill a'r llall. Gwasgodd Jo'n dynn at ganol Non, a chau ei lygaid yn erbyn y gwynt brathog a wibiai drwy ei helm a'i figyrnau... Gyrrodd hithau'n galed, ei gwefusau wedi'u cau'n fain, a'r beic yn llamu ymlaen fel cath i gythraul ar hyd yr M4... heibio Rhos-ar-Wy, i fyny... yn rhuo'n rymus, gyffrous... Llanllieni, tuag at Lwydlo... ar y ffordd osgoi... glaw ddiawl... yn gyflymach, gyflymach fyth... goddiweddyd lorïau a feniau a... a bws a lorïau mawr, hir... ac yna... !/]*|#!*!*!()-*...

*   *   *

Dyma'r tro cyntaf iddi fynd i'r fynwent ers bron i flwyddyn, a Leusa am ddod efo hi. Hi oedd wedi cynnig, ar ôl clywed yr hanes – y person cyntaf i gael gwneud hynny ar wahân i'r teulu. Ar eu ffordd i Neuadd Llanofer oedd y ddwy, wedi ymuno â chwrs seramig er mwyn gwneud 'rhywbeth o werth', fel y crefai pawb iddyn nhw'i wneud. Ac roedd o'n ddigon o sbort unwaith y dechreuon nhw.

Roedden nhw'n arfer cyfarfod wrth y bandstand fel hyn, er bod dynion yn eu llygadu weithiau os oedd un wedi cyrraedd cyn y llall. Arferai Non edrych o ben llwybr yr argae nes gweld Leusa'n cyrraedd, wedyn brysio ati. Mi 'stedden nhw wedyn am ffag a chyfnewid straes am hwn a'r llall, cyn symud ymlaen i ble bynnag. Yn fan'no y dwedodd wrth Leusa am Huw! Y cariad cyntaf, os cariad hefyd. Roedd yn ei hatgoffa ormod o Jo, efo'i lygaid glas a'r clustiau twt yna. Rhedwr mawr, marathon Caerdydd eleni, ac yn nofio'n wych. Digon clên, a deniadol. Ond doedd hi ddim wedi bod yn hollol gyffyrddus efo fo... Ond roedd medru bod yn ei freichiau o, a chael ei chofleidio a'i chusanu, wedi gwneud rhywbeth... wedi bod yn allweddol... wedi agor cyfnod newydd yn ei hanes, a newid yr hyn oedd wedi digwydd – gadael i rai pethau fynd heibio.

Hi oedd wedi sôn wrth Leusa am y ddamwain a'r pen blwydd, a gorfod cyfaddef wrthi nad oedd hi wedi bod yn y fynwent ers dwy flynedd – ers iddi orfod mynd efo'i mam a'i nain. Mi fuo Leusa'n dyner ond yn fusneslyd, bron, wrth holi a stilio am y ddamwain, ac am y cynhebrwng a'r claddu. Roedd hi wedi synnu mai claddu, nid amlosgi, ddewiswyd. Roedd Non wedi synnu hefyd, yn enwedig gan fod y fath lanast ar ei gorff, druan... Ta waeth, wedi'i gladdu roedd o, ym Mynwent y Dwyrain, a charreg fedd farmor du wedi'i gosod ers tro.

Roedd y ddwy wedi ymlwybro'n ddiarwybod iddynt, neu i Non o leiaf, hyd at borth y fynwent yn Ffordd y Dderwen Deg. Oedodd y ddwy cyn mynd i mewn. Ochneidiodd Non yn dawel, a theimlo'i brest yn tynhau. Doedden nhw ddim wedi trafod yr ymweliad, ddim wedi prynu blodau – fel y bobl acw i gyd. Gafaelodd Leusa yn ei llaw yn ysgafn ac edrychodd y ddwy i fyw llygaid ei gilydd. Cerdded ymlaen wedyn, efo Non yn arwain ond Leusa'n tywys, rhwng beddau o bob siâp: angylion a cholofnau, croesau plaen pren weithiau, beddau plant bach, beddau heb garreg nac unrhyw fath o arwydd arnyn nhw, rhai newydd eu cau, hefyd, yn llwythog o dorchau blodau, un bedd wedi'i dorri, un arall wedi ymsuddo, chwyn ac ysgall mewn ambell gongl, ac yna – o fewn golwg – fferrodd Non, a rhoddodd Leusa ei braich amdani.

Un du, tal, glân, efo llythrennau aur yn dal yn llachar:

Er Cof Annwyl
am
JOSEPH ARWEL ROSSER
1974-1991
Yn Fythol, Fythol Wyrdd

Bu bron i Non lewygu; toddodd ei choesau, a bu raid i Leusa ei chynnal hi am rai munudau. Yna agorodd Non ei llygaid drachefn a rhythu ar y bedd drwy ei dagrau hidl. Roedd rhywun, ei mam debyg, neu hwyrach y ferch honno... wedi gosod potyn o Seithliw'r Enfys yn y pridd wrth droed y garreg, ac roedd yn dechrau blaguro. Crynodd Non drwyddi draw, fel petai mewn twymyn. Estynnodd Leusa ffag wedi'i thanio iddi. Doedd Non ddim yn siŵr a oedd hawl 'smygu mewn mynwent neu beidio, ond tynnodd yn galed arni fel pe bai'i bywyd yn dibynnu ar hynny. Dyna fel y gwnâi Jo fel arfer; hithau'n tynnu'i goes o, ac yntau'n mwynhau hynny. Roedd o'n arwr iddi, er na châi o wybod hynny, ac yn llenwi'i bywyd hi...

Trodd i edrych ar Leusa, mewn ing gwacter ei cholled, a gwelodd wên garedig a dagrau yn wyneb ei ffrind. Gwenodd hithau'n ôl, rywsut neu'i gilydd. Cofleidiodd y ddwy ei gilydd yn hir. Yna safodd Non yn fud am ychydig, ei llygaid ynghau a'i hwyneb tuag i fyny, fel pe bai'n gwahodd yr haul. Yn sydyn, daeth iddi weledigaeth o Jo, rhywbeth roedd hi wedi methu ei gonsurio yn ei chof ers tro byd: Jo, yn ei siaced ledr ddu ddi-label, ei wallt yn syth a du, y clustiau twt efo'r clustdlws ar y dde i gyfateb i'w hun chwith hi! Y trwyn mirain a'r llygaid . . .

Agorodd ei llygaid ac roedd awgrym lleiaf o wên. Roedd Leusa ar fin mynd ati a dweud rhywbeth pan dynnodd Non ei phecyn ffags allan a'i agor... yna'i roi'n ôl yn ei phoced. Penliniodd yn sydyn wrth waelod y bedd. Roedd Leusa'n arswydo rhag ofn ei bod am durio i'r pridd i drio cyrraedd at weddillion corff ei hefaill, fel y darllenodd hi am rywun yn ei wneud mewn rhyw nofel neu'i gilydd. Pwysodd drosti er mwyn medru codi'i ffrind yn ôl i'w thraed. Ond na, turio'n weddol ysgafn a phwyllog yr oedd hi: dim ond mynd i lawr ryw ddwy neu dair modfedd. Ond i be? Sythodd Leusa a gwylio'i ffrind, gan deimlo nad oedd lle iddi yn y rhan yma o'r ddefod.

Roedd gwedd Non yn dawel a'r awgrym o wên dyner yn dal ar ei hwyneb. Aeth i'w phoced, a lledodd ei gwên yn un lydan wrth iddi ddod â'r pecyn ffags allan eto, cau y caead ar y pedair neu bump oedd ynddo, a'i osod yn y twll yn y pridd. Yna caeodd y pridd yn ôl drosto, fel cath daclus – fel cau briw.

Annwyl Santa

ELENA GRUFFUDD

UGAIN MLYNADD. Ugain. Dyna ers faint y bu o, Meical, yn siafio. Ugain mlynadd o siafio mewn ffordd hollol anghywir yn ôl y rhaglen yna ar y teledu neithiwr. Felly heddiw doedd yna ddim lol i fod: siafiad newydd a phoeriad o afftyrshef amdani. Lle'r oedd y stwff glas yna gafodd o'n bresant Dolig llynedd tybad?

Ac wrth iddo'i brimo'i hun o flaen drych y stafell molchi a'r ffenest fach yn lled agored er mwyn syrciwleshon y tŷ, chwadal Mrs Pritchard, daeth sŵn cyfarwydd sgidia sodla uchel Glenda i gosi'i ddychymyg. Ia wir, siafiad newydd, cychwyn newydd. Da 'di'r hogan. Ugain munud wedi wyth ar y dot, yn barod ar gyfar dechra yn y siop am hanner awr wedi. Doedd hi byth yn methu, hyd yn oed ar fora o Ragfyr diawchedig o oer fel hyn. Fel y teriar teircoes yna oedd yn byw yng ngwaelod y stryd ym Mhen Isa'r Dre erstalwm, meddyliodd. Chafodd o erioed wybod i ble'r oedd yr hen gono'n mynd chwaith, ac ynta wedi bod yn saethu o'r tŷ amser te bob diwrnod am flynyddoedd. Ella mai dengid oddi wrth rywbeth yn hytrach na rhuthro i gyrraedd rhywle arall roedd o, tasai'n mynd i hynny...

Dyna ni, wedi cael 'madael â diwrnod arall i lawr y sinc. Aw! Go damia unwaith, heddiw o bob diwrnod! Wel, heddiw eto ddyla fo ddeud, ond ta waeth... dyna ddangos, washi, mai lwc oedd rhywun ei angan yn y byd 'ma, nid rhyw druth hanner awr am dechneg.

Trodd Meical ddwrn y drws yn ofalus gan ddal mwstás papur o dan ei drwyn â'r llaw arall. Cripiodd ar hyd y landin rhag deffro Mrs P o Fahamas ei gwely dŵr, ac yna i lawr â fo i'r gegin. Gwenodd ar Pwtan yn ei chornel, rhag iddi ddangos ei dannedd, ac eistedd wrth y bwrdd lle'r oedd powlenaid o reis crispis, potel o lefrith a dwy dafell o fara menyn wedi bod yn aros amdano'n ddel ers y noson cynt.

* * *

Welodd Glenda mo Cheryl yn cymryd y fath ddrag hir o'r blaen. Roedd hi'n gwybod ei bod hi ar fin arllwys y stori gyfan – dim ond angan rhyw brociad bach yr oedd hi. Rhwbiodd Glenda ei dwylo ewinbiws yn ei gilydd a chwythu arnynt.

"Wel, tyrd 'laen 'ta Cheryl, deud yr hanas. Oedd Mr Parry'n flin iawn?"

"Be wyt ti'n feddwl? Harclwydd ro'dd gin i ofn. Ac wedyn mi feddylish i. Cheryl, meddwn i wrtha fi'n hun, cofia bod gynno fo bidlan. Dim ond dyn ydi o. Ac mi 'drychish i yn syth o 'mlaen a dechra cyfri'r rhycha ar ei dalcen o."

"Ond be ddudodd o am y caws 'di difetha?"

Mwy o faco i'r fegin. Doedd Meical ddim am glywed dim mwy. Mi *fasa* saga fel yma'n digwydd rŵan ac ynta bron â thorri'i fol eisiau cael llonydd i ofyn i Glenda. Gafaelodd yn y *Chronicle* er nad oedd ganddo yr un llwchyn o ddiddordeb yn hanes y Santa ar y dudalen flaen oedd wedi colli'i bresanta i gyd.

"Wel, ro'dd gen i ffansi mawr deud wrth King Kong mai *shop assistant* ydw i, ddim rhyw *dairy maid*, a nad o'n i'm i fod yn pacio'r cawsia pnawn ddoe beth bynnag. A wedi gorfod diodda'r hen Berwyn 'na'n glafoerio ar f'ôl i. Fasa waeth gynno fo roi'i law i fyny'n sgert i mwy nag estyn pwys o fins o dan cowntar, na fasa wir Dduw..."

"Ges di ddam go iawn, felly."

"Tymor 'wyllys da, myn dian i... A sbia faint sgin i ar ôl o f'awr ginio! Eniwê, dwi'm isio sôn 'chwanag am y peth, dwi wedi gorffan."

Amen. Brysia o'ma. Roedd blaena bysedd Meical yn ddu gan brint ar ôl gafael mor dynn yn y papur newydd. Artaith oedd peth fel hyn. Ond roedd mwy i ddod.

"Be sgin ti ar dy frechdan heddiw 'ta, Glenda?"

"Fawr o ddim. Bovril. Dwi ar ddeiet, Steven yn dod adra dros Dolig, yli..."

"Ydi m'wn, ar gefn carw..."

"Ydi Cheryl, dwi'n deud wrtha chdi. Sdim isio i chdi fod yn bigog efo fi."

"Wel... Mi ddyla bod gynnon ni Undab yma ar gyfar petha fel hyn. *Wrongly accused* a ballu. Sgynnon ni ddim hawlia o gwbwl, 'dach chi'n dallt hynny, tydach? Dim ond y bocsyn stafell 'ma i gael panad... Be wyt ti'n feddwl, Meical? Tynn dy drwyn o'r papur tships 'na am funud!"

"B... be? Wel, 'dwn i ddim. Ella mai'r mashîn pacio oedd ar fai – rhyw nam arno fo..."

"Dyna fo, ddudish i, 'ndo? Bai ar gam!"

"Ond fedrith rhywun ddim bod yn siŵr. Ella, ddudish i, 'tê? Hynny ydi..."

"O waeth chdi befo, wir. Waeth i mi fynd i orffan clirio'r ffrij – i mi gael annwyd go iawn."

O'r diwedd, dim ond y fo a hi, a gweddillion sigarét Cheryl yn ei smocio'i hun yn hamddenol ar y soser. Roedd ganddo bum munud da cyn i'r lleill ddod am eu cinio. Ella y basa'n well iddo fo gychwyn siarad am rwbath rŵan, a thrio troi'r sgwrs yn slei at y parti'r noson honno... ac at ofyn iddi fasa hi'n licio'i gyfarfod o gynta am ddiod? A be am isda dros y ffordd iddo dros fwyd er mwyn iddo gael syllu i'w llygaid tywyll, meddal hi? A be am rannu têc-awê efo fo nos fory cyn mynd i'r pictiwrs?... A mynd i siopa Dolig yn Llandudno pnawn Sadwrn?... Ella.

Gwirionodd arni'r diwrnod cynta hwnnw pan gychwynnodd hi ar y tìl. Newydd 'madael â'r ysgol oedd hi. Cymerodd ofal ohoni, dangos iddi sut oedd stocio'r silffoedd – a chadw ar ochr iawn Mr Parry. Clirio'r bocsys yn syth oedd y tric, a pheidio â gadael 'nialwch ar y siop fflôr... Pesychodd. Cofiodd nad oedd o wedi troi tudalen o'r papur ers oes... Ac yna'n sydyn, mi ddaeth allan –

"O, 'di Steven yn dod draw felly?"

"Ydi, *Christmas Eve* i fod – dod yr holl ffordd o Leeds. A wedyn mae o'n gorfod mynd â llwyth i Birmingham diwrnod ar ôl *Boxing Day*."

Dim gwahaniaeth, dim ond heno roedd o'i angan. Mi fyddai petha'n wahanol ar ôl heno, tasa fo ond yn cael... Mentrodd eto. Roedd o bron â chyrraedd.

"Biti 'i fod o'n methu'r parti gwaith hefyd, 'tê... Gwranda..."

"Wel, dwn i ddim! A deud y gwir, dwi'n hannar disgwyl syrpreis. Ti byth yn gwbod efo Steven..." Ei llygaid yn llawn gobaith.

"Na – ym – nagwyt, mae'n siŵr..."

Teimlai Meical awydd gafael amdani y funud honno. Paid â gwrando arno fo, Glenda fach. Geiria gwag rhyw ddreifar lorris o dwll tin byd. Wedi addo mynd i Memphis efo chdi i ddilyn ôl traed Elvis ers pedwar ha', 'di addo y caech chi fynd i weithio i Disney World, Paris – a wedyn y busnas mudo i Awstralia...

Sobrodd. Ers faint fu'r ddau ohonyn nhw'n rhannu'r un bwrdd bwyd fel hyn? Yn holi am frechdana'r naill a'r llall. Cwyno am y manijment. Rwdlan. Roedd o fel byw y tu ôl i ffenest.

"Ych, wsti be, Meical, dwi'n cael dim blas ar yr hen frechdana Bovril yma. Be sgin ti?"

"Y... corn-bîff."

"Eto? Hidia befo. Mae Mrs Pritchard yn saff o fod yn o lew o agos at orffan y tun erbyn hyn. Dyna ydi'r drwg efo landledi 'te, ti'n gorfod cymryd be ti'n 'i gael. Yli, mi wna i swap efo chdi."

Gwên cydymdeimlad, y ddau ohonyn nhw'n rhannu'r un baich. Doedd gan Glenda ddim isio byta brechdana Bovril er mwyn Steven, mwy nag oedd o am fyta llond 'i fol o gorn-bîff i blesio Mrs P, siŵr. Tarodd edrychiad slei tuag ati.

"Gwranda, Meical, dwi 'di bod yn meddwl, pam na ofynni di i Mrs Pritchard ddod efo chdi i'r parti gwaith? Tasat ti'n styc am gwmpeini, felly; tydi hi ddim yn hen iawn, 'sti. Edrach yn hŷn nag ydi mae hi…"

Y farwol. "Ia, mae'n siŵr 'te…"

Mrs Pritchard… Dal yn ei gwely rŵan hyn, synna fo damaid, yn ddigolur, yn ddiddannedd, yn ddi-wìg. Gweddillion.

Rhoddodd Meical gaead yn llipa ar ei focs bwyd , a'i frechdan ar ei hanner. Ac yn sydyn, roedd stwmpyn smôc Cheryl yn codi pwys arno. Ogla chwerw yn chwerthin lond y lle.

*   *   *

Eisteddai Iola Pritchard wrth y bwrdd yn troi siwgwr i'w phedwerydd panad y prynhawn hwnnw. Peth dychrynllyd oedd methu deffro. Wel, methu cysgu oedd y broblem wreiddiol, ond bod cwsg yn dod iddi'r dyddia hynny rhwng tri a phedwar y bora – diolch i'w gwely newydd. Sgrechiodd llais bach y tu mewn iddi y byddai'n cysgu fel twrch petai ganddi rywbeth amgenach na dŵr yn ei lenwi, ond doedd dim lles mwydro rŵan. Estynnodd am fisgedan iddi ei hun, ac un i Pwtan.

Clywodd y cloc o'r stafell fyw yn taro hanner awr wedi pump. Amsar am un smôc bach arall cyn i Meical gyrraedd adra. Sylwodd o ar ei bysedd hi erioed, tybad? Drapia, byddai'n rhaid iddi wneud rhywbeth ynglŷn â'r melynu yna pan gâi hi gyfle – a'r fodrwy. Yn enwedig y fodrwy. Dim ond y hi fyddai'n cael y fath anlwc! Feiddiodd hi ddim trio tynnu'r gnawas i ffwrdd am flynyddoedd, a dyma hi rŵan, bron â marw isio cael 'madael ohoni ac yn methu. Ond o leia fe fu hi'n fendith i gadw rabscaliwns fel Ifor Pen Rhes i ffwrdd – a chadw rheolaeth ar dafod ambell un yn y dref hefyd, tasai'n mynd i hynny.

Gobeithiai na fyddai Meical yn hwyr, a hitha wedi paratoi darn o iau bob un a grefi nionod i de. Ac roedd hi ar dân isio dangos y goeden Dolig fach gafodd hi o'r farchnad a chwbwl. Nid ei bod hi'n un am Ddolig, chwaith, erbyn hyn – byth yn trafferthu rhyw lawer. Prynu pecyn deg o gardia ac ordro cyw iâr ffres, a dyna fo. Ond 'leni, roedd hi wedi gwneud ymdrech, er mwyn Meical. A fedrach chi mo'i galw hi'n wastraffus, achos fe fyddai'r goeden ganddyn nhw am flynyddoedd i ddod. Cyhyd ag y byddai'r pinna plastig yn dal heb syrthio, ac roedd hynny'n amser go faith, debyg.

Ond lle'r oedd o? 'Rhen genod yna yn y gwaith oedd y drwg. Gorfod gwrando ar y Cheryl goman yna'n rwdlan, a Glenda dyn glo – honno a'i phen yn y gwynt hefyd. Ond doedd dim dal ar ddynion chwaith, fel y canfu ei hun. Cofiodd eiria ei mam druan: "Cerrig lan môr ydyn nhw i gyd, Iola, yn sgleinio'n ddel ac yn wên dannedd hyd braich i ffwrdd. Ond ty'd ti ag un adra efo chdi ac mi weli mai petha di-lun ar y diawl ydyn nhw. Da i ddim."

Cloch y drws ffrynt, diolch amdano fo. Mae'n rhaid fod Meical wedi anghofio'i oriad, ac wedi cael ei ddal yn y gawod a chwbwl, y creadur.

"Helô, wedi dod â bocs bwyd Meical yn ôl ydw i, ylwch."

"O, Glenda, chi sy 'na…"

"Mae o wedi mynd am beint efo hogia'r gwaith cyn y parti."

"Parti?"

"Parti gwaith, 'tê…"

"Wel ia, siŵr, mi anghofish i'n lân!"

"'Dan ni'n cyfarfod yn y *Ship* am saith os oes gynnoch chi ffansi dod. Well i mi fynd a deud gwir, i mi gael paratoi… Ta-ra rŵan!"

Parti… heno? A doedd Meical byth yn yfad peintia… Llusgodd ei hun yn ôl i'r gegin. Agorodd ddrws y popty a thynnu'r iau ohono, tra edrychai Pwtan arni'n obeithiol.

*   *   *

A hithau'n chwarter i hannar, roedd yna un triming trist iawn yn gorweddian ar y gadair ledr yng nghyntedd gwesty Nant y Marian.

"Meical! O'n i'n ama mai fa'ma basat ti'r diawl... O'n i'n deud wrth Hafwen, betia i chdi y bydd 'na ryw idiot yn siarad efo'r llwynog 'di stwffio ar y ffordd mewn cyn diwadd nos..."

"Ar fy ffordd allan o'n i, Cheryl... isio llonydd i feddwl..."

"'Dw inna wedi laru f'enaid hefyd. Ddo i efo chdi. Duw, tydan ni'n dod i'r un lle ac yn deud yr un jôcs bob blwyddyn. 'Nes di sylwi ar Glenda a Mr Parry? Mêts i gyd yn sydyn iawn, tydyn? Ffendith hi ddim colli Steven heno, beth bynnag... Aros funud i mi gael nôl fy nghôt, gei di 'ngherddad i adra."

Ond doedd ar Meical ddim math o isio bod yn ddyn cerddad adra i neb y noson honno. Cododd ar ei draed, tynnu'r tinsel oedd yn crogi am ei wddw ac allan â fo i'r nos. Teimlai awydd cerddad i ben draw'r byd – er y gwyddai mai yn ei ôl y deuai yn y man. Yn ei ôl, fel y teriar teircoes hwnnw.

Ti a Fi

Gwyneth Carey

YN ARAF AC YN GYNDYN yr oedd Esyllt yn ei hildio ei hun i naws foethus yr hen gastell. Nid ei fod yn wironeddol hen. Yr oedd caer arw yr arglwydd Normanaidd wedi adfeilio ers canrifoedd, a'i ddisgynyddion wedi codi plasty castellog ar fryncyn i rodresa dros wastadedd y parc. Doedd cerdded i fyny'r grisiau cerrig a thrwy'r porth derw mawr ddim wedi bod mor anodd, wedi'r cwbl. Gynted ag y camodd hi i'r cyntedd, a oedd yn eang fel neuadd, teimlodd ei hun yn cael ei hanwesu a'i hystwytho gan yr awyrgylch, gan lewyrch y parwydydd pren, gan goch tywyll y carpedi *bokhara*, gan olau meddal y lampau bach isel. Teganau diniwed oedd y ddwy siwt wag o arfau oedd yn disgleirio o bobtu'r tân coed yn y grât enfawr.

Doedd cofrestru ddim wedi bod yn brofiad mor gas chwaith. Ar ei ben ei hun yr oedd pawb, fel hithau, yn cyrraedd. Gwaith oedd nod y gynhadledd, a doedd neb wedi cael gwadd i ddod â'i bartner. Er nad oedd yn adnabod yr hanner dwsin arall oedd yn cludo'u bagiau i mewn, cafodd gysur o fod yn un ohonynt ac o osod ei bathodyn ar ei llabed.

Setlo i'r llofft oedd y peth anodd, heb Bryn a'i glebran. Cofiodd fel y byddai hi'n arfer chwerthin am ben y diléit fyddai ganddo fo mewn moethau bychain. Byddai wrth ei fodd mewn gwesty diarth yn fforio'r llofft a'r ystafell molchi. "Hei, Esyllt, ty'd i weld be sy yn fa'ma. Shampŵ, cap cawod – gei di fynd â hwnnw adre – ede a nodwydd, a myn diân i, potel ddŵr poeth. Dene un peth fydd gin ti a fi ddim 'i isio," a'r llygaid tywyll yn pefrio chwerthin.

Hel meddyliau! Byddai dadbacio yn rheitiach gwaith. Ond wrth iddi dynnu'r un ffrog allan o'r papur sidan, brathwyd hi gan atgof arall. "Mae'r glas yna'n union yr un lliw â dy lygid di. *Petrol blue*? 'Dyn nhw'n mynd i fy rhoi i ar dân felly? O, *petrel*? Wela i. Rwbeth fel glas y dorlan, ia? Paid ti â gwibio heibio a diflannu yr un fath â honno, chwaith! Ty'd yma!"

Doedd y ffrog ddim wedi gweld golau dydd er pan fu farw Bryn. Doedd ei pherchennog ddim wedi gwneud fawr iawn gwell chwaith, erbyn meddwl. Yn ei chragen yr oedd Esyllt ei hun wedi bod, yn gwrthod cynigion ffrindiau i giniawa ac i gwmnïa. Pa iws oedd ceisio llenwi'r gwacter hefo siarad a oedd fel sŵn ystormus li? Mater arall oedd gwaith. Yno yr oedd angof gwaredol, dros dro. Doedd ganddi ddim yn erbyn bwrw'r Sul mewn cynhadledd fel hyn, er ei bod hi'n lled amau mai cynllwyn dyngarol yn y swyddfa oedd wedi esgor ar y penderfyniad y byddai'n "gwneud daioni i Esyllt fynd ar gwrs".

Pe bai hi wedi teimlo'n llai llipa ynghylch dod o
gwbl, mae'n debyg y byddai wedi hel ei meddwl yn
gynt at gwestiwn y dillad. Erbyn iddi gysidro'r angen
am un peth amgen na sgert a throwsus, yr oedd yn
rhy hwyr i brynu ffrog newydd. Dim byd amdani,
felly, ond y ffrog las. A rŵan, wyddai hi ddim a oedd
ganddi'r galon i'w gwisgo. Nid yn gymaint am fod y
ffrog yn perthyn i Bryn drwy hawl mwynhad ond yr
ofn o ymddangos fel pe bai hi'n ymbincio. Pa hawl
oedd ganddi hi i joio? Ac eto, mi fuasai'r ffrog wedi
edrych yn well petasai hi wedi cofio dod â'r
clustdlysau o'r un lliw.

Swper yn neuadd y wledd ganoloesol. Byrddau i
chwech. Eistedd yn y sedd wag agosaf fyddai orau.
Pawb yn dawedog am dipyn, nes i rywrai ofyn, "O
ble 'dech chi'n dŵad?" a chychwyn yr hen gêm o
ddarganfod cydgydnabod a chydberthnasau. Erbyn
i'r cawl gael ei glirio yr oedd sŵn y riwbob wedi
ymdoddi'n ddwndwr di-dor. Ildiodd Esyllt dipyn
mwy i faldod y gwyll a'r clydwch. Ffrwtiai'r gwêr
oddi ar y canhwyllau, a symudai eu golau dros y
llestri piwter. Deuai cynhesrwydd o goch, glas ac aur
yr hen arfbeisiau ar y pared. Uwchben y simne fawr
edrychai pen hydd i lawr yn addfwyn faddeugar ar y
cwmni. Ac yr oedd gweithwyr blinderog y ganrif hon
yn llafar uwchben eu medd.

Fe'i cafodd Esyllt ei hun mewn sgwrs frwd â
rhywun ynghylch gerddi'r Alhambra. Prin y sylwodd

fod y byrddau'n gwacáu. Yn araf, daeth i deimlo presenoldeb wrth ei hysgwydd, a throdd. Bron na chredai bod gweld Hywel yno yn rhan o'r llesmair yr oedd mwynder atgofus y wledd wedi ei hudo iddo. Ond na, yr oedd o yno, ugain mlynedd yn hŷn ond heb frasáu. Wyneb wedi ei naddu hefo cŷn oedd ganddo fo er yn hogyn.

"Be wyt ti'n dda yn fa'ma?" y ddau'n siarad gyda'i gilydd.

Yn y funud o adnabod, roedd gofyn taro cywair newydd. Sut mae dechrau sgwrs hefo dieithryn sydd yn hen gariad? Chwiliodd Esyllt ei wyneb, gan geisio ffitio'r atgof i mewn i'r hyn oedd o'i blaen, y darnau yn union yr un fath ond y cyfanwaith yn wahanol, rywsut. Roedd gan Hywel y fantais o fod wedi cael amser i edrych ar Esyllt ar draws y neuadd cyn dod ati.

"Awn ni i rywle i gael sgwrs? Oes yna gornel dawel yn y bar, tybed?"

Ai hiraeth am fod yn un o bâr unwaith eto oedd yn cyfrif am y pleser bach llechwraidd a ddeuai i Esyllt wrth gerdded drwy'r castell wrth ochr Hywel? Teimlodd ei hun yn goleddfu ei hosgo fymryn bach i ffitio i'w gerddediad ef, ac yna sythodd mewn embaras. Hen gydnabod yn rhannu hanes eu gwahanol hynt, dyna oedd y cywair iawn i'w daro. Eto, hefo parodrwydd cyn-ffeministaidd y setlodd hi i'r soffa felfed yng ngwyll y gilfach fach glyd, gan adael i Hywel fynd at y bar i ymorol am ddiod.

"Brandi fach? Neu be wyt ti'n 'i yfed y dyddie yma? Wyt ti'n cofio cael dy *lager and lime* cynta?"

"Yr oes o'r blaen! Coffi fase'n neisiach na dim os oes yna beth i'w gael."

*   *   *

"Na, peidiwch â distyrbio'ch hunen o gwbl. Dwi'n mynd rŵan. Mae pob man wedi'i gloi. Mi fydd y glanhawyr yma ben bore." Roedd staff y castell wedi hen arfer â chyplau fyddai'n colli cownt ar amser, nes bod gostyngiad y gwres ganol nos yn eu gyrru i'w gwelyau. Cafodd Esyllt sioc.

"Y nefoedd! Oedd gin i waith i'w wneud cyn fory! Braf dy weld ti eto."

Dechreuodd ymlwybro rhwng y celfi yn y golau gwan. Roedd hud y castell yn dal i afael ynddi. Hanner ffordd i fyny troell betryal y grisiau derw, arafodd y ddau fel pe bai awenau yn eu tynnu'n ôl. Plygodd Hywel am gusan. Allai Esyllt byth fod yn siŵr, wedyn, beth ddigwyddodd yn y munudau nesaf. Gwyddai fod yna gusanu di-baid, ond wyddai hi ddim mai hi oedd yn gwasgu pen Hywel ati ac yn bwyta ei wyneb yn orffwyll. Ymhen amser, tynnodd fymryn yn ôl i sibrwd rhyw anwes, a gwelodd ei lygaid yn toddi mewn serch. Cafodd sioc. Yn y fan, trodd yr ysfa i gusanu yn ysfa i grio. Roedd rhaid iddi ddianc. Ceisiodd ddweud, "sori, rhaid i mi fynd", ond tagodd ar y geiriau. Rhuthrodd i fyny gweddill y grisiau, a rhedeg i lawr y coridor i'w llofft. Erbyn iddi ymbalfalu i roi'r goriad yn y clo, fodd bynnag, yr oedd Hywel wedi ei dal. Allai yntau fyth fod yn siŵr iawn wedyn beth ddigwyddodd yn y munudau nesaf. Gwyddai ei fod yn ymbil, "Be haru ti? Be sy? Be wnes i?" Prin yr oedd o'n gwybod ei fod yn gafael yn dynn yn y ffrog las. Drwy ryw fendith, yr oedd fel pe bai'n ceisio tynnu Esyllt allan oddi wrth y drws yn hytrach na'i wthio ei hun i mewn. Ond roedd y drws yn drwm, a chlo sbring arno. Yn y diwedd llwyddodd Esyllt i'w rhyddhau ei hun o'i afael a chau'r drws yn ei wyneb.

Dechreuodd Hywel guro, ond wrth iddo ddod yn ymwybodol o dywyllwch a thawelwch y coridor, tybiodd ei fod yn gweld rhimyn bach o olau yn dangos dan un o'r drysau pellaf. Gostyngodd ei guro, a dechreuodd siarad yn isel.

"Esyllt, ma' raid i ti ddeud wrtha i be sy. Dwed *rwbeth* neu mi arhosa i yma drwy'r nos!"

Newidiodd sŵn y crio yn y llofft, ac ymhen tipyn daeth darn o bapur allan o dan y drws. Arno yr oedd sgribl fras: "Sori, ddim heno, mi wna i ddeud yn y bore". Ac ar ôl ystwyrian yn ddigyfeiriad am bum munud arall, doedd dim y gallai Hywel ei wneud ond cerdded mewn poen a phenbleth ar draws pen y grisiau i'w lofft ei hun.

Er pan gaeodd y drws yn wyneb Hywel, yr oedd Esyllt wedi bod yn crio, yn ymladd am anadl wrth geisio peidio â bod yn glywadwy. Wedi gwthio'r papur dan y drws, syrthiodd ar y gwely ac ymollwng. Gadawodd i'r ocheneidiau ddod o'r dyfnder, nes oeddynt yn rhwygo ei bol. Ofnodd y câi ei chlywed, er maint y llofftydd a thrwch y waliau, a chododd i dynnu'r ffrog las a'i gadael ar lawr. Yna tynnodd y cwilt dros ei phen a chrio eto. Crio fel y criodd yr hogyn wedi gadael ei fam yn y Seilam, crio fel na chriodd hi erioed o'r blaen, crio fel pe bai yna ddim byd arall yn y byd ond crio.

Deffrodd gyda'r wawr, yn oer a llipa. Ceisiodd gofio beth oedd o'i chwmpas cyn y gwacter mawr yma. Cusan Hywel oedd wedi newid popeth. Allai hi ddim cofio sut yr oedd hi'n teimlo cyn hynny. Cododd i wneud te, a swatiodd yn ei hugan i yfed y gwpanaid boeth. Yn y diwedd, cododd i ymolchi ac i roi'r ffrog las yn ôl yn ei phapur sidan. Gwisgodd sgert blaen a chrys lliw'r dryw, ac arhosodd tan y funud olaf cyn mynd i lawr i frecwast.

Wrth y dresel ar ben y grisiau yr oedd Hywel yn sefyll, yn cymryd arno edmygu'r *pot-pourri* yn y ddysgl o borslen Nantgarw. Doedd fawr o olwg noswaith dda o gwsg arno, ond ymlaciodd wrth weld ei bod hi'n dod ato heb geisio'i osgoi. Wyddai'r naill na'r llall sut i ddechrau.

"Mae'n arw gen i."

"Roist ti fraw ofnadwy i mi."

"Sori."

"Wyt ti'n olreit?"

"Yndw, rŵan."

"Wel, be oedd y mater, 'te?"

"Mae'n anodd egluro."

"'Di o ddim yn deg, w'st ti. Un funud roedden ni'n caru – a wnes i 'rioed feddwl y medret ti garu fel yna; mi o'n i'n meddwl 'yn bod ni mewn daeargryn – ac yn sydyn dene ti'n edrych arna i ac yn rhedeg fel taset ti wedi gweld ysbrydion."

"Ia, wel. 'Wrach 'mod i. Yr unig beth alla i 'i ddeud ydi nad ti oedd yno."

"Be ti'n feddwl, nid fi oedd yno? Mi o'n i yno."

"Oeddet, dwi'n gwbod. Ond, wel, nid ti o'n i'n 'i gusanu. Sori. O ddifri."

Odanynt yn y neuadd yr oedd sŵn a chlebran pobl ar eu ffordd i frecwast. Yng ngolau llwyd bore o Dachwedd, doedd dim byd yn edrych cweit yr un fath â'r noson cynt. Y tu allan i'r ffenest, yr oedd paun a phaunes i'w gweld yn pigo'r lawnt, a'u sgrech aflafar yn dadrithio heddwch y parc. Aeth Hywel ac Esyllt at y bwrdd gyda'i gilydd ond heb yngan gair. A'r unig eiriau oedd yn rhedeg drwy ben Hywel wrth fwyta'r *muesli* oedd "am wragedd ni all neb wybod".

Mr a Mrs Tiresias

SIÂN PRYTHERCH HUWS

Maen nhw'n dweud ('tydi'r 'nhw' 'ma'n cael eu trwynau i mewn i bopeth dudwch?), fod y ffordd rydach chi a'ch partner yn cysgu yn dweud cyfrolau am eich perthynas. Druan o Maj a Wiliam felly; prin fodoli mae eu perthynas nhw yn ôl y ffordd maen nhw'n cysgu rŵan. Cofiwch chi, 'dan ni ddim ar fin profi tor-priodas cythryblus yn y stori hon. Na, hanes cwpwl bach digon cyffredin sydd yma. Mr a Mrs Jones, y fersiwn dosbarth canol, canol oed – hi â'i chi a Sefydliad y Merched, yntau â'i ysgrifenyddesau. Mae'r ddau yn dal i orwedd yna, gefn wrth gefn ond ddim yn cyffwrdd, Wiliam ar yr ochr dde a Maj ar yr ochr chwith. Prin medru gweld corun Maj dwi, gan ei bod wedi llithro i lawr yn isel o dan y cwrlid. Teimla'n saff yn ei nyth, y cwrlid yn dynn o'i chwmpas a'i choban yn dynnach fyth. Nid fod ganddi fawr i'w ofni chwaith; fe'i diswyddwyd ers blynyddoedd o orfod bodloni chwantau Wiliam – trueiniaid eraill a gaiff yr orchwyl bellach; mae o'n dal i gynnal cyfweliadau. Mae o'n edrych fel morfil o'i gymharu

116

â chorff eiddil Maj. Disgynna'r cwrlid oddi ar ei frest wrth iddo anadlu'n araf reolaidd, i ddadorchuddio coedwig o flew.

Dechreua Maj ystwyrian fel cath ddioglyd yn llygad yr haul, fel petai ei chorff yn synhwyro bod y cloc larwm ar fin canu. Mae hi'n ymestyn ei llaw i aros uwchben y cloc mewn ystum parod: hanner awr wedi saith, mae'r gloch yn canu. Tydi hi fawr o gloch chwaith, un o'r pethau modern yma sydd ddim yn ddigon uchel i ddeffro rottweiler heb sôn am hen lembo mawr fel Wiliam. Mae Maj yn trywanu top y cloc; biti na fasa hi'n bosib cau ceg pawb mor handi, meddyliodd. Cododd ar ei heistedd a throi i edrych ar Wiliam – roedd hwnnw'n dal i gysgu'n braf. Disgwyliai iddo synhwyro ei phresenoldeb effro fel mae cŵn yn ei wneud – ond doedd Wiliam ddim yn cyrraedd safon ci hyd yn oed! Parhâi i anadlu'n dawel; gallai weld top ei fol yn wyn ac yn fawr fel croen cwstard wedi oeri.

"Wiliam, deffrwch, mae hi'n hanner awr wedi saith."

Nid yw'n symud. Mae Maj yn codi ac yn ysgwyd y cwrlid yn wyllt fel y gwneir wrth lanhau ryg, nes peri i gorwynt chwyrlïo o gwmpas corff Wiliam.

"Be uffar ti'n neud, ddynas? Cheith dyn ddim llonydd i ddeffro!"

Gan fod gorchwyl cyntaf y dydd wedi ei gwblhau, mae Maj yn ei hwylio hi i'r gegin i wneud brecwast.

"Blydi merched!" meddai Wiliam o dan ei

ddannedd. Yna llonnodd ei galon wrth iddo gofio mai dim ond dydd Mawrth oedd hi a bod yna ddiwrnodau cyn y penwythnos. Diwrnodau o giniawa, chwarae golff, siarad hefo'r bois, cael hwyl ar y genod – diwrnodau hir braf yn y swyddfa cyn y penwythnos pan fyddai'n rhaid treulio amser efo Maj a'r ci. Dechreuodd ar y ddefod foreol o grafu. Crafai am o leiaf chwarter awr bob bore; teimlai fod hyn yn sicrhau fod y gwaed yn ailddechrau cylchredeg. Yn ddiarwybod iddo'i hun treuliai'r rhan fwyaf o'i ddiwrnod yn crafu rhyw ran o'i gorff chwyslyd mewn gwirionedd. Dechreuai hefo'i ben, a chrafai nes bod y croen yn syrthio'n blu eira ar y gobennydd. Yna crafai ei ên; roedd rheswm ymarferol dros hyn, sef gweld a oedd angen siafio. Yna âi ymlaen i grafu o dan ei geseiliau a'i fronnau, bronnau y buasai unrhyw ferch yn fodlon arnynt. Crafai mewn llinell syth wedyn o'i fogail i'w gwd.

"Y nefoedd fawr!"

Teimlodd eto, rhedodd ei law rhwng ei goesau ac i fyny ei fol, cododd ar ei eistedd, plygodd, safodd, syllodd, baglodd, ond doedd o ddim yno. Rhwygodd y cwrlid oddi ar y gwely; efallai ei fod o wedi disgyn rhwng y wal a'r gwely, meddyliodd. Ond doedd o ddim i'w gael yn unman. Pasiodd ei fod yn dal i gysgu, a'i fod yng nghanol hunllef.

"Wiliam, be 'dach chi'n ei wneud yn cadw'r holl sŵn 'na?" gwaeddodd Maj o waelod y grisiau. Na, roedd o'n berffaith effro, roedd hynny'n sicr.

Dechreuodd grynu a theimlodd ryw wasgfa yn ei stumog; roedd o wedi diflannu! Ai Duw oedd yn dial arno am ei holl bechodau? Un peth oedd dwyn ei bidyn oddi arno, ond roedd rhoi peth'ma dynes yn ei le yn anfaddeuol! Nid oedd peth felly yn da i ddim ond i dderbyn; rhyw rwygiad damweiniol, twll di-ddim, crac yn y corff. Rhwbiodd ynddi'n ffyrnig.

"Blydi *twat*!"

Aroglodd ei fys, crychodd ei drwyn, ni allai fynd i'r gwaith hefo'r ffasiwn ddrewdod. Rhedodd i'r ystafell molchi a dechrau sgwrio'r llawes goch yn ffyrnig. Dychmygai y gallai ei golchi ymaith, ond nid oedd symud arni. Tywalltodd hanner y botel talc arni gan obeithio y buasai hynny yn llwyddo i guddio'r oglau.

Aeth yn ôl i'r ystafell wely a gwisgo amdano'n sydyn, rhag ofn i Maj amau fod rhywbeth o'i le. Efallai mai Maj oedd wedi cynllwynio hyn i gyd, wedi rhoi rhyw bilsen iddo; pasiodd nad oedd ganddi'r dychymyg. Daeth i'r canlyniad mai bai Jesse oedd y cyfan; roedd hi newydd fod ar ei gwyliau, efallai ei fod wedi dal rhyw afiechyd ffasiwn newydd ganddi, meddyliodd.

"Wiliam, ma'ch brecwast chi ar y bwrdd ers deng munud," gwaeddodd Maj o'r gegin, a chnociodd y nenfwd hefo rhyw ffon a gadwai at y pwrpas, rhag ofn nad oedd o wedi ei chlywed y tro cyntaf. Doedd 'na ddim i'w wneud ond cario ymlaen fel petai dim wedi digwydd, meddyliodd Wiliam; roedd yna bosibilrwydd ei fod wedi gorflino.

"Paid â gweiddi, ddynas, dwi ar fy ffordd!"

* * *

Cerddodd Wiliam i mewn i'r swyddfa mor hunan-feddiannol ag arfer, ei osgo Maxwellaidd yn serennu. Blysiodd wrth weld tair merch luniaidd yn ceisio cael y peiriant dyblygu i weithio. Roeddynt fel y tair gorgon. Symudodd ei law i afael yn ei gwd i weld a oeddynt wedi llwyddo i droi rhan ohono'n garreg. Pylodd y wên wrth iddo gofio nad oedd o'n ddyn i gyd heddiw. Pasiodd swyddfa Price; roedd ei ddrws ar agor.

"Bore da, Wil, ffansïo gêm o golff a chwpwl o ddrincs a ballu ar ôl gwaith?"

"Na, rhyw dro eto, Price." Brysiodd Wiliam heibio, nid oedd yn ddigon abl i'r 'a ballu' heddiw. Roedd Jesse wrth ei desg yn teipio'n brysur. Aeth heibio iddi hithau'n frysiog gan gau drws ei swyddfa ar ei ôl. Ond dilynodd Jesse ef i mewn.

"A sut mae Wili bach fi heddiw?"

"Dim yn dda iawn, wir," cwynodd Wiliam.

Rowliodd Jesse ei llygaid a gwnaeth geg sws; estynnodd ei llaw yn barod i anwesu ei bidyn.

"Na, ddim bore 'ma, Jesse!" Rhedodd y tu ôl i'w ddesg mewn panig.

"Ond does gen ti ddim cyfarfod tan pnawn."

"Dwi ddim yn teimlo'n dda a mi faswn i'n licio tipyn o lonydd."

"Pwy sy 'di dwyn dy gaws di bore 'ma?" meddai Jesse'n bwdlyd wrth fynd yn ôl at ei gwaith.

*   *   *

Roedd Maj wedi brysio i lanhau'r tŷ y bore yma am ei bod am ddal y bws deg i'r llyfrgell. Galwai yn y llyfrgell bob yn ail ddydd Mawrth, a byddai'n fodlon cyfaddef wrth unrhyw un ei bod yn meddwl mwy o'r llyfrgell nag o'r capel. Llyfrau hanes lleol fyddai'r ffefrynnau, ond roedd yr hen Islwyn Ffowc Elis yn reit uchel ar y rhestr ganddi hi hefyd. Petai hi ddim yn gorfod edrych ar ôl y ci a Wiliam buasai wrth ei bodd yn gweithio yn y llyfrgell, ond ar hyn o bryd rhaid oedd bodloni ar fod yn gwsmer.

Wedi rhoi cipolwg arall dros y gegin i wneud yn siŵr fod popeth yn daclus, gwisgodd ei chôt yn barod i fynd am y bws. Wrth estyn am ei bag cafodd chwant sydyn am far o siocled ac aeth i nôl un o'r cwpwrdd pethau melys. Cwpwrdd Wiliam oedd y 'cwpwrdd pethau melys'; wel, Maj oedd yn prynu'r nwyddau, wrth gwrs, ond dim ond Wiliam oedd yn eu bwyta – rhaid oedd i Maj edrych ar ôl ei phwysau. Ond heddiw roedd hi wedi llowcio'r bar cyn cael tynnu'r papur oddi amdano bron iawn. Ni theimlai'n euog o gwbwl; ni chlywai'r cylchgronau merched yn ei dwrdio. Aeth yn ei hôl i'r cwpwrdd a gafael mewn paced o greision cyn ei chychwyn hi am y bws.

Wedi talu am ei thocyn penderfynodd Maj y

buasai'n hoffi cael mynd i eistedd i fyny grisiau am unwaith. Fel arfer, byddai'n eistedd ar lawr isaf y bws gan fod yr hogiau ifanc yn cadw twrw i fyny grisiau. Ond heddiw roedd fel petai rhywbeth wedi ei meddiannu, roedd hi'n herio popeth yr arferai ei wneud. Stryffaglodd i fyny'r grisiau; dylai'r hen yrwyr bysiau yma gael eu hatal rhag parhau â'r daith hyd nes bod pawb yn eu seddau, wir, meddyliodd. Cyrhaeddodd ben y grisiau a rhedodd ei llygaid o amgylch i chwilio am sedd. Daliai ei phen yn uchel; roedd y teimlad hunanymwybodol arferol wedi diflannu. Roedd amryw o seddi gwag, ond cafodd Maj ei hun yn rhannu sedd hefo rhyw fachgen ifanc. Dychrynodd hwnnw wrth weld dynes ganol oed yn stwffio at ei ymyl, yn enwedig gan fod y ddynes honno yn mynnu gafael yn ei goes am gymorth wrth eistedd. Gallai Maj deimlo ei gorff cyhyrog wrth ei hochr; dychmygai ef yn nofio'n noeth fel yn yr hysbyseb *aftershave* yna. Dychrynodd ei bod yn meddwl ffasiwn beth a cheisiodd chwalu'r llun, ond parhau i nofio'r oedd yr hogyn, ei gluniau'n lluniaidd a'i bidyn yn llipa. Aeth rhyw wefr od drwy ei chorff, gallai arogli chwys anniddigrwydd y bachgen, teimlodd ddyrnu yng ngwaelod ei bol, teimlodd rywbeth yn symud yn ei blwmar, dechreuodd ei sgert godi wrth i rywbeth chwyddo. Edrychodd y bachgen a hithau'n syn ar ei gilydd; oedd hi wedi dechrau ar y *change*? Roedd hi'n chwys oer drosti. Ni wyddai beth oedd yn digwydd. Eisteddodd yn hollol lonydd nes cyrraedd pen y daith.

Wedi cyrraedd y llyfrgell aeth yn syth i'r lle chwech. Bu bron iddi gael trawiad yn y fan a'r lle pan welodd hi beth oedd achos y chwydd – roedd ganddi bidyn! Nid dyma oedd i fod i ddigwydd yn ystod y *change*, debyg? I waethygu'r sefyllfa roedd o'n galed fel dwrn; doedd hi erioed wedi chwarae hefo hi ei hun o'r blaen, ond roedd rhaid iddi wneud rhywbeth – ac yn y lle chwech y bu Maj am hanner awr cyntaf ei hymweliad â'r llyfrgell. Synnodd y llyfrgellwraig weld Maj yn ymddwyn mor amheus, a hithau'n barod iawn am sgwrs fel arfer. Synnodd hyd yn oed fwy at ddewis Maj o lyfrau; roeddynt yn wahanol iawn i'r dewis arferol!

* * *

Eisteddai Wiliam y tu ôl i'w ddesg yn darllen y *Sun* ac yn siafio am y pedwerydd tro y diwrnod hwnnw. Siafiai ddegau o weithiau mewn diwrnod; nid oedd ganddo ddim byd gwell i'w wneud ond pinsio penolau ei gydweithwyr benywaidd, arwyddo ambell lythyr, a galw mewn cyfarfodydd yn achlysurol. Roedd o'n hoff o'i siafiwr, un hwylus oedd o hefyd, rhedai dros ei ên fel alarch ar lyn. Wrth siafio y tu ôl i'w ddesg fel hyn, edrychai yn union fel Victor Kiam â'i wên blastig. Yn wir, dyna ffugenw Jesse arno weithiau. Ar ôl rhyw bum munud diffoddodd y peiriant a dechreuodd ddarparu ei bapurau ar gyfer un o'r cyfarfodydd prin roedd o i'w mynychu yr wythnos honno. Wedi cau botymau ei siaced a sythu ei dei, aeth am yr ystafell bwyllgor hefo'r papurau o dan ei gesail.

Roedd hi'n hawdd dweud p'run oedd yr ystafell bwyllgor oherwydd roeddech yn suddo at eich pengliniau i garped drudfawr. Roedd y cyngor wedi llwyddo i wario holl arian y flwyddyn ariannol ddiwethaf ar addurno'r ystafell. Roedd y bwrdd yn ddigon hir i gynnal y Swper Olaf a pharti Nadolig tîm pêl-droed Bryn-coch hefo'i gilydd! Pan oedd yn yr ystafell hon teimlai Wiliam fel Alice ar ôl iddi yfed y ddiod hud; roedd popeth mor enfawr, edrychai ar goll yn ei gadair.

Wiliam oedd i agor y cyfarfod heddiw. Dechreuodd yn ddigon da ac roedd pawb i'w gweld yn ei gefnogi. (Does dim pwrpas disgrifio'r 'pawb' yma, sef gweddill mynychwyr y cyfarfod, dim ond dweud bod y deg ohonynt yn gopïau o Wiliam.) Fel roedd Wiliam yn cyrraedd uchafbwynt ei araith symudodd ei law i afael yn ei gwd; gwnâi hynny bob tro roedd am argyhoeddi, dyma lle'r oedd y gwirionedd. (Mae'r gair *testament* yn hanu o'r gair *testes*, wrth gwrs.) Dechreuodd y deg edrych ar ei gilydd yn annifyr; roedd Wiliam yn dal i sefyll o'u blaenau, ei geg ar agor led y pen ond dim sŵn i'w glywed. Roedd Wiliam am i'r llawr ei lyncu; chwalwyd pob hunanhyder wrth iddo ail-sylweddoli nad oedd ei gwd a'i bidyn yna. Ceisiodd frwydro ei ffordd drwy weddill yr araith heb fawr o lwyddiant, cyn dychwelyd i'w swyddfa hefo'i gynffon rhwng ei goesau. Roedd Jesse'n ei ddisgwyl yn eiddgar, yn barod i'w fwytho.

"Wili..."

"O'r nefoedd fawr!" gwaeddodd, wrth droi ar ei sawdl.

*   *   *

Tynnodd Maj gadwyn y badell darannau ac aeth i olchi ei dwylo. Welodd hi erioed y ffasiwn beth; byddai ei breichiau hi'n brifo erbyn nos; dim rhyfedd fod Wiliam yn dioddef o gricmala, meddyliodd. Roedd hi wedi llnau'r tŷ eto ar ôl dod adref o'r llyfrgell er mwyn ceisio anghofio, ond nid oedd dim yn tycio. Rhoddodd y teledu ymlaen ac eistedd yn y gadair freichiau. Ceisiodd ymlacio ond roedd ei llaw yn mynnu chwarae biliards poced. Canodd cloch y drws, ac atebodd Maj hi'n betrusgar.

"Hai lyf, 'di dŵad i olchi ffenestri dwi, yli. Pedair am ddwybunt."

"Pedair be, lwlyn?" atebodd Maj yn bryfoclyd.

"Duw, 'dach chi 'di bod ar y *sherry*, Mrs Jones? Pedair ffenest oeddwn i'n feddwl, ond fe alla i roi mwy yn y fargen os 'dach chi isio," gwenodd Twm Ffenestri gan adael i'w dafod hongian allan fel ci.

"Dewch i mewn 'ta siwgwr."

Ni wyddai Maj pam yr oedd yn ymddwyn yn y fath fodd ond roedd hi'n ei mwynhau ei hun yn chwarae fel hyn. Daeth y wefr od drosti unwaith eto ac ni allai feddwl am ddim ond corff noeth Twm ar yr ysgol hefo'i gadach a'i fwced yn golchi ei ffenestri. Roedd yntau wedi synhwyro brwdfrydedd anifeilaidd Maj, ac er nad oedd wedi meddwl amdani yn rhywiol o'r blaen fe wnâi hi'r tro am y pnawn. Teimlai fel tarw, roedd am roi un i'r hen Mrs Jones nes y byddai hi'n serennu. Syniad go wahanol oedd gan Maj hefyd. Roedd hi wedi cael llond bol ar ddynion fel Twm, y *macho men* bondigrybwyll. Y dynion oedd yn ymhyfrydu mewn cael eu ffordd eu hunain drwy'r amser, mewn defnyddio merched, mewn 'rhoi un' i ferched. Roedd ganddi hi'r gallu heddiw i dalu'n ôl; wel, i dalu'n ôl i Twm, beth bynnag. Ond roedd hynny'n ddigon ganddi am y tro.

"Trowch rownd, siwgwr, dwi am weld eich pen-ôl chi..."

"Blydi hèl, ddynas... neu ddyn... be 'dach chi'n neud?"

" 'Dach chi'n gwybod sut roedd y Brenin Edward yr Ail yn teimlo rŵan, tydach?"

* * *

Ni fu Wiliam mor falch o roi ei droed dros riniog y drws. Aeth i'r gegin gan ddisgwyl gweld Maj yno wrthi'n darparu ei swper. Ond roedd honno ar ei hyd ar y soffa yn gwylio gêm bêl-droed ar y teledu.

"Ers pa bryd ti'r hulpan yn sbio ar bêl-droed? A

stopia grafu fan'na 'fyd, tydio ddim yn *ladylike*."

Ddaru Maj mo'i ateb, dim ond taro ufflon o rech ddrewllyd.

"Be sy i swper?"

"Dwi 'di cael *chips* o'r siop *chips*, diolch, Wiliam."

"*Chips* – ers pryd ti'n byta *chips*?"

Yn sydyn, cododd Maj a mynd i sefyll reit gyferbyn â Wiliam. Anadlodd yn drwm fel hen gaseg wedi hario'n lân, i lawr gwddf Wiliam.

"Dwi isio chi rŵan, Wiliam."

"Rarglwydd mawr, be sy haru chdi, ddynas!"

"Peidiwch â deud fod gynnoch chi gur yn ych pen, Wiliam."

Bu'r ddau yn rhedeg o amgylch y soffa am rai munudau cyn i Maj gael gafael ar ei golar a'i gornelu rhwng y bwrdd coffi a'r teledu. Neidiodd ar ei gefn fel petai'n neidio ar gefn merlan. Gwingodd Wiliam; teimlai fel twrci yn cael ei stwffio.

"Gorfeddwch yn ôl, cariad, does dim rhaid i chi berfformio, jyst derbyn, ylwch."

Gwelai Wiliam ei holl fywyd yn gwibio o'i flaen; roedd yn carlamu drwy uffern a Maj yn ellyll ar ei gefn, gwreichion eirias yn disgyn o'i genau. Daeth geiriau Mercutio i'w feddwl – '*O flesh, flesh, how art thou fishified!*"

Daw Cariad Eto

MAIR WYNN HUGHES

Deffrodd y cloc larwm hi o'i thrymgwsg, os trymgwsg hefyd. Rhyw gymysgedd o freuddwydion a hunllef a deffro fu hi ynddo hyd at oriau mân y bore. A rŵan, roedd yn rhaid iddi ymladd o'i ddyfnder blinderus a wynebu'r diwrnod oedd o'i blaen. Diwrnod priodas ei merch.

Fe ddylai fod yn hapus wrth weld Lowri'n priodi, fe wyddai hynny. Gweld y cariad diamheuol a ffrydiai rhyngddi hi a Gerallt, a gweld eu hapusrwydd a'u ffydd bendant mewn dyfodol gyda'i gilydd. Ond fe fynnai ansicrwydd gymylu ei meddyliau. Fe deimlodd hithau'r un hapusrwydd pan briododd Michael, ond er gwefr y dechrau, byr fu'i barhad, a Michael yn crwydro o ferch i ferch mewn sawl affêr. Ac wedi'r profiad, fe dyngodd lw na wnâi fyth ymddiried mewn dyn yr eilwaith. Ond yn awr... tybed hefo Gwyn?

Brathodd ar y gobaith a fynnai lechu yn ei chalon. Roedd yn rhy fuan. Wyddai hi ddim. Rhaid iddi beidio â chamu'n rhy fras.

Fe gollodd ormod pan adawodd Michael hi dair blynedd yn ôl. Fe ddioddefodd ddyddiau, misoedd, o ing a dicter wrth feddwl amdano yng nghwmni ei gariad newydd, ac yntau'n malio dim am y wraig a'r ferch bymtheg oed a adawodd. Ac efallai iddi ddibynnu gormod ar Lowri yr adeg honno. Ymaflyd yn ei chwmni pan ddeuai'n ôl o'r ysgol, disgwyl amdani ar nosweithiau disgo, rhannu mân gyfrin-achau cariad ieuanc â hi, ac ail-fyw ei hieuenctid ei hun wrth wneud hynny. Ac anghofio am briodas racs.

Gwenodd yn wyrgam wrth gofio'r sôn cyntaf hwnnw am Gerallt.

"Mae o'n foi grêt, Mam. Rydach chi'n siŵr o'i licio fo."

"Ydw i?"

A'r ffordd yr hanner dawnsiodd Lowri o gwmpas y gegin a lapio'i breichiau amdani'i hun fel pe bai'n methu'n lân â'i chadw ei hun yn llonydd.

Ddaru hi ddim sylweddoli'r pwysigrwydd y pryd hynny, na pha mor fuan y carlamai'r digwyddiadau ymlaen nes cyrraedd heddiw. Dydd eu priodas. A hwythau mor ofnadwy o ifanc!

"Gofalwch eu bod nhw'n hapus. Am byth! Plîs."

Wyddai hi ddim ar bwy yr ymbiliai. Ar ryw Dduw a oedd yna'n rhywle, er iddo fethu â gofalu amdani hi a Michael. Ochneidiodd. Hen hanes oedd hwnnw bellach.

Cododd o'r gwely a cherdded at y bwrdd gwisgo. Astudiodd ei hwyneb am yn hir, hir. Dydi o ddim yn wyneb hagr, meddyliodd. Roedd ychydig o greithiau profiad arno, wrth gwrs. Y crychau ysgafn yng nghongl ei llygaid a'r cwmwl arian yn britho'i gwallt tywyll. Ond roedd ei chorff mor siapus ag erioed, heb owns o bwysau sbâr yn agos iddo. Trodd i lygadu'r siwt binc a gwyn a hongiai ar ddrws y wardrob. Siwt a weddai i'r dim iddi. Roedd ei llygaid hi ei hun wedi'i sicrhau o hynny, heblaw bod Lowri wedi gwirioni wrth weld ei mam ynddi.

"Mi gnociwch nhw'n gelain, Mam. A Dad hefyd."

A dyna'r drwg yn y caws. Fe fynnodd Lowri gael Michael i'w rhoi i ffwrdd.

"Y fo ydi 'nhad i, 'tê?"

Roedd Lowri wedi mynd o gwmpas am ddyddiau hefo gŵen ar ei hwyneb wedi iddo gytuno.

"Mae o am hedfan adre'n arbennig ar gyfer y briodas. Wnaiff *dim* ei gadw i ffwrdd, medda fo. Mae o wedi gaddo. A hefo chithau yn y siwt binc a gwyn 'na, Mam..."

Doedd Lowri 'rioed yn gobeithio y bydden nhw'n ailgymodi? Ddim ar ôl ysgariad a thair blynedd o anwybyddu llwyr, heblaw am ambell gerdyn ac anrheg i'w ferch.

Roedd hi wedi trio dal ei thafod ond wedi methu.

"A sawl siwt binc a gwyn sydd gan ei gariad ddiweddaraf, ys gwn i?"

"Mam..."

Roedd siomedigaeth llawn briwiau yn ochenaid Lowri. Ond roedd arni hithau eisio rhoi ar ddeall iddi nad oedd dim troi'n ôl. Byth. Yn enwedig a hithau wedi cyfarfod Gwyn. Ac fe fyddai Gwyn yn rhan o'r dathliadau heddiw. Gwyn, gŵr gweddw, tad y priodfab.

Fe gyflymodd ei chalon pan gyfarfu ag ef am y tro cyntaf. Gwenodd wrth ailgofio. Roedd digwydd-iadau'r noswaith yn ddarlun mor fyw ag erioed o flaen ei llygaid.

"Mam! Dyma Gwyn, tad Gerallt."

"Menna. Mae'n dda gen i dy gyfarfod di."

Fe ysgydwodd law ag ef a theimlo cynhesrwydd pinnau bach y cyffyrddiad. Mor normal y ceisiodd hi fihafio y noson honno. Fel pe na bai cyffro sydyn ysgubol yn dymchwel drosti bob tro yr edrychai arno. Ond fe wyddai fod gwrid ysgafn yn lliwio'i gruddiau wrth gyfarfod ei lygaid. A hithau bron yn ddeugain oed!

Oedd o'n teimlo'r un cyffro hefyd? Am eiliad, anghofiodd ei merch a'i darpar fab-yng-nghyfraith a chanolbwyntio ar y dyn a safai o'i blaen. Dyn tal a thenau a'i lygaid gleision yn llawn hiwmor. A charedigrwydd.

Nid fel Michael, sylweddolodd yn sydyn. Sut y gallai hi fod wedi byw blynyddoedd priodasol gyda dyn heb sylweddoli na fu erioed garedigrwydd yn perthyn iddo? Dim ond cariad ac angerdd nwydus i'w siwtio ei hun, a bywyd wedi'i drefnu i'w safonau digyfaddawd heb boeni am deimladau neb arall.

Gwisgodd ei gwnwisg a chychwyn i lawr y grisiau.

Ciledrychodd ar y cloc mawr wrth fynd heibio. Saith o'r gloch! Roedd amser am goffi hamddenol cyn deffro Lowri a'i ffrind, Llinos. Bu'r ddwy yn chwerthin a giglan a rhannu cyfrinachau tan oriau mân y bore, a rywsut, heb fwriadu, gwnaent iddi hithau deimlo'n hen a dibwys.

Mam y briodferch – a gafodd ysgariad am i'w gŵr gyfarfod rhywun ieuengach. Ar y domen sgrap, ond bod gobaith newydd yn mynnu llenwi'i chalon. Heb achos, efallai. Doedd Gwyn ddim wedi dweud gair, na dangos dim. Ond yn ystod yr wythnosau diwethaf, roedd hi wedi synhwyro cynhesrwydd ei lygaid arni droeon.

Carlamodd oriau'r bore heibio. Hithau'n erfyn ar Lowri a'i morwyn briodas i fwyta brecwast iawn. Y mynd a dod ffrwcslyd rhwng llofft ac ystafell ymolchi a'r cymylau persawr yn llenwi'r landin. Y ddynes trin gwallt yn cyrlio a chribo, a'r blodau'n duswâu lliwgar ar fwrdd y lobi. Bwrlwm y gwisgo a'r addurno.

"Mam! Rydw i am wisgo'ch perlau chi. Rhywbeth benthyg, 'tê. A'r ardysen las 'ma hefyd."

Mor hardd yr edrychai Lowri yn ei ffrog sidan. Mor obeithiol. Mor bendant. Yn union fel hithau ar ddydd ei phriodas. Llyncodd boer sydyn wrth gofio... ac ail-fyw yr un gobeithion a liwiai wyneb ei merch yr eiliad honno.

"Mam. Diolch am bopeth. O Mam! Mae gen i lond stumog o bryfed bach. Be taswn i'n sâl? Yn taflu i fyny?"

Cofleidiad clòs a gwaedd sydyn alarus.

"Ond ble mae Dad? Mae o wedi *gaddo!*"

Ac er bod y geiriau'n llosgi ar ei thafod, ei hymateb hithau,

"Mae o'n siŵr o ddŵad. Unrhyw funud rŵan, mi gei di weld."

Doedd ganddi ddim amser bellach i edrych arni'i hun yn y drych, nac i obeithio fod y siwt binc a gwyn yn gweddu iddi. Roedd hi'n poeni gormod am Michael. Fe'i *lladdai* os na ddeuai mewn pryd. Llanwodd surni siomedigaeth blynyddoedd ei llwnc. Am unwaith, Michael, cadw at dy air. Ar ddiwrnod priodas dy unig ferch.

Gwgodd wrth edrych ar ei wats. Doedd o ddim am gyrraedd mewn pryd. Dim byd newydd yn hynny, meddyliodd. Sawl gwaith y bu hi'n disgwyl? Ar ben blwydd. Ar ddathliad priodas. A Michael bob amser yn hwyr ac yn llawn esgusion. Os byddai wedi cofio o gwbl.

Ond doedd bosib yr anghofiai briodas ei unig ferch. Ac yntau wedi gaddo!

Cerddodd at y ffenest gan blethu ac ailblethu ei bysedd. Roedd y car priodas o flaen y drws a'r dreifar yn eistedd yn amyneddgar. A'r car i'w chludo hithau a Llinos hefyd. Ond doedd Michael heb gyrraedd.

Bron yn hanner dydd! Mi fydden nhw'n hwyr yn yr eglwys. Be wnâi hi pe na chyrhaeddai Michael yn fuan? Be pe na ddeuai o gwbl?

Canodd cloch y drws. Rhuthrodd hithau i lawr y

grisiau a'i agor. Safai Michael yno'n gwenu fel giât ac yn sicr o'i groeso.

"Menna! Ty'd imi dy weld ti. Rwyt ti'n ddel yn y siwt 'na."

Doedd dim ots ganddi am eiriau gwag.

"Ble buost ti? Mae Lowri'n disgwyl ers meityn."

"A be amdanat ti?"

Trodd hithau i ffwrdd yn ddiamynedd a chanfod Lowri'n sefyll ar y grisiau.

"Dad!"

Roedd byd o groeso yn ei llais. Edrychodd Menna ar ei merch a'i chyn-ŵr a chenfigen yn gnofa o'i mewn. Bradwr ydi o, meddyliodd. Bradwr i mi ac i'w ferch. Ond am eiliad, roedd tad a merch yn uned gyflawn, a hithau'n unig y tu allan.

Trodd Lowri wyneb llawn hapusrwydd tuag ati.

"Rydw i'n barod rŵan," meddai. "Wedi'ch cael chi'ch dau."

Tynnodd Michael becyn o'i boced.

"Anrheg diwrnod priodas iti," meddai. "I'w wisgo."

Syllodd Menna ar gynnwys y bocs bychan coch a gwybod bod y mwclis drudfawr a welai ynddo yn gwneud i'r perlau edrych yn bitw a gwael.

"Diolch, Dad."

Atseiniai'r geiriau yn ei chlustiau wrth iddi alw ar Llinos a chychwyn am y car a ddisgwyliai wrth y drws.

"Mwclis prydferth," meddai Llinos. "Mi fyddan yn ardderchog hefo ffrog Lowri."

"Byddan, yn byddan."

Pwysodd yn ôl ar y sedd a chau ei llygaid am eiliad. Pam mae'n rhaid i ddiwrnod fel hwn fod mor gymysglyd? meddyliodd. Yn siom a hapusrwydd, yn ddisgwyl a gobaith.

Arafodd y car o flaen yr eglwys. Agorwyd y drws ac estynnwyd llaw i'w chynorthwyo allan. Gwyn. Roedd ei lygaid ar ei hwyneb, a gofal cynnes yn amlwg ynddynt.

"Iawn?"

Llanwodd ei llygaid â dagrau sydyn. Caredigrwydd yr 'iawn?' a fu bron â'i thanseilio. Sniffiodd eiliad cyn gwenu'n gynnil arno.

"Ydw."

"Diwrnod Lowri a Gerallt heddiw. Wedyn…?"

Roedd ei lygaid yn graff ar ei hwyneb.

"Wedyn?"

Roedd cwestiwn yn ei hymateb.

Am eiliad, gwasgodd ei law ei braich cyn iddo droi i gynorthwyo Llinos o'r car. Sylwodd hithau pa mor ofalus yr oedd o bopeth. Sut y gwenai ar y gwesteion hwyr a chael gair olaf tawel gyda'r tywyswyr. Teimlai fodlonrwydd yn ei chalon wrth iddi gerdded trwy ddrws yr eglwys.

Swniai'r organ yn felys i'w chlustiau wrth iddi eistedd. Ymlaciodd. Pa ots fod Michael wedi disodli'r perlau? Roedd o'n dad i Lowri ac wedi cyfrannu at hapusrwydd y diwrnod trwy fod yma iddi.

Cyrhaeddodd Gwyn i'r sedd gyferbyn â hi.

Ciledrychodd i'w gyfeiriad a chanfod ei lygaid arni. Gwenodd o. Gwenodd hithau.

Daeth sŵn yr ymdeithgan. Cododd fel pawb arall i ganfod Lowri a Michael yn cerdded yn araf i lawr yr eil. Cymylodd dagrau ei llygaid. Lowri brydferth, sicr ei cherddediad wrth iddi ddynesu at y gŵr ieuanc a ddisgwyliai amdani.

Pob bendith, 'ngeneth i. Pob lwc. Arafodd Lowri damaid i wenu arni, ac am eiliad, fe grwydrodd ei llaw at y gadwyn am ei gwddf. Nid y mwclis, ond y perlau!

Distawodd sŵn yr organ wrth i'r gwasanaeth ddechrau. Disgwyliodd hithau am y geiriau cyfarwydd.

"A gymeri di...?"

Beth feddyliai Michael wrth sefyll yno? Oedd o'n 'difaru iddo daflu popeth ymaith, ynteu oedd y geiriau'n hollol ddiystyr iddo? Ond doedd dim ots am Michael bellach.

Roedd y gwasanaeth drosodd a hithau'n ymuno â nhw yn y festri. Fe deimlai'n hen, ac eto'n ieuanc. Mam y briodferch... ond rhywun oedd ar drothwy rhywbeth newydd hefyd.

"Mam! O, Mam!"

Roedd hithau a Lowri ym mreichiau'i gilydd, a'r dagrau'n llenwi ei llygaid unwaith eto. Fe'i datgysylltodd ei hun i gofleidio Gerallt.

"Pob lwc, Mr a Mrs Jones!" gwenodd ar y ddau.

"Ia, pob lwc." Llais Michael.

Ond person ymylol oedd Michael yn yr hapus-rwydd a lifai o'i chwmpas. Dibwys iddi am byth. Roedd Gwyn yn glòs wrth ei hochr.

"Wel, mam y briodferch!"

"Wel, tad y priodfab!"

Rywsut roedd eu cusan ysgafn yn troi'n ddyfnach, yn cyflymu'i chalon nes iddi rasio'n ddireol.

Am eiliad, doedd neb yno ond y nhw ill dau. Yna troesant i gerdded fraich ym mraich y tu ôl i'r pâr ieuanc. Dau yn dilyn dau i ddyfodol llawn gobaith.

Ma' 'Na Ham yn y Ffrij

TWM MIALL

Roedd Edgar yn chwe deg. Roedd Enid, ei wraig, yn hanner cant a phump. Roedd hi'n nos Fercher ac roedd Enid newydd ddiffodd y gola bach uwchben y gwely.

"Ti'n cofio bo' fi'n mynd i ffwr' dydd Gwenar, yn dwyt?" medda Enid wrth Edgar.

"Yndw," medda Edgar.

"Ti'm yn meindio, nag wyt?"

"Nac'dw."

"Ti'n siŵr, rŵan?"

"Yndw. Pam?"

"Dwn 'im. Ti'm 'di sôn dim am y peth, o'n i'n meddwl ella 'sa chdi 'di bod yn meddwl am y peth."

"Meddwl am be?"

"Wel meddwl be ti'n mynd i' neud efo chdi dy hun pan fydda i i ffwr'."

"Na, dwi'm 'di meddwl am y peth," medda Edgar, cyn troi ar ei ochr i wynebu'r parad.

Mi oedd Edgar wedi bod yn meddwl am y peth droeon ers pan soniodd Enid ei bod hi am fynd am benwythnos i Blackpool efo criw o ferchaid o'r gwaith. Dim ond unwaith roedd hi wedi bod i ffwrdd dros nos yn ystod y tri deg a phump o flynyddoedd roeddan nhw wedi bod yn briod; roedd hynny yn 1969 pan aeth hi i nyrsio ei mam am dridia. Roedd Edgar yn gweithio shifft nos yn y ffatri bryd hynny, ond roedd o wedi cael ei neud yn ridyndant ryw 'chydig o flynyddoedd yn ôl a rŵan roedd o'n gyrru fan i gwmni *dry-cleaners* bach.

Doedd Edgar 'rioed wedi bod yn un am fynd allan ryw lawar ar fin nos a ballu, felly y dydd Sadwrn oedd wedi bod ar ei feddwl fwya. Roedd o wedi bod yn cysidro mynd i weld y cricèd os basa'r tywydd yn braf. Os na fasa hi'n braf yna ella y basa fo'n cychwyn am y pyb tua amsar cinio, stydio'r *form* yn y *Sporting Life* dros beint, taro bet neu ddwy, edrych ar y rasio ar y teledu yn y pyb tan ddiwedd y pnawn, nôl paced o tships wrth gerdded adra'n hamddenol, gwylio'r teledu fin nos, a gorweddian ar y soffa tan yr oria mân. Neu ella y basa fo'n treulio'i ddiwrnod mewn sioe hen beirianna, os oedd yna un yn digwydd cael ei chynnal yn y cyffinia y diwrnod hwnnw.

Rhyw betha fel'na oedd wedi bod ym meddwl Edgar tan y pnawn dydd Mercher hwnnw pan ddigwyddodd o sôn wrth Beryl – un o'r merchaid oedd yn gweithio tu ôl i'r cowntar yn y *dry-cleaners* – bod Enid yn mynd i ffwrdd am y penwythnos. Wydda fo ddim yn iawn pam roedd o wedi sôn wrthi hi – rhywbeth i'w ddweud, mae'n siŵr, rhywbeth i basio'r amsar tra oedd o'n disgwyl am lwyth o ddillad.

Roedd Beryl tua deugain oed ac yn ddynas eitha smart. Roedd hi'n defnyddio lot o fêc-yp ac yn gwisgo'n dda bob amsar. Roedd ganddi hi bâr o goesa gwerth chweil a thin nobl. Roedd Edgar wedi sbio ar y tin yna droeon wrth i Beryl blygu, estyn, a chyrraedd y tu ôl i'r cowntar yn y siop. Roedd yna ryw sôn ei bod hi a Dave – un o'r gyrwyr eraill – wedi bod yn poetshio efo'i gilydd a'u bod nhw'n cyfarfod bob nos Iau pan oedd Dave i fod mewn dosbarth nos yn dysgu Sbaeneg, a phan oedd Beryl i fod mewn dosbarth *landscape painting*.

Mi ddywedodd Beryl wrth Edgar bod ei gŵr hi'n mynd i ffwrdd hefyd – roedd o'n mynd am drip i wlad Belg efo hogia'r colomennod.

"Gei di fy ffonio os leci di," medda hi wrth Edgar. "Dwi'n mynd yn bôrd ar 'y mhen fy hun."

Chwerthin ddaru Edgar.

"Dwi o ddifri, 'sti," medda hi wedyn. "Ffonia fi os w' ti'n ddigon o foi."

Ddywedodd Edgar ddim byd.

Pan ddeffrôdd Edgar ar y bore dydd Gwener roedd Enid wrthi'n rhoi un o'i ffrogia gora yn ei ches bach. Roedd hi'n gwisgo trywsus gwyn a thop gwyn. Roedd siâp ei staes hi'n dangos drwy'r trywsus.

Wedi i Edgar molchi a gwisgo mi eisteddodd o ac Enid wrth y bwrdd i gael panad bob un a dau ddarn o dost.

"Ma' 'na *Fray Bentos Steak and Kidney Pie* yn y cwpwr'," medda Enid wrth Edgar, "a ma' 'na datws newydd yn y fasgiad. Cofia bo chdi fod i dynnu'r caead odd' ar y tun cyn ei roi o yn y popty. Os na fedri daclo rheiny, ma' 'na ham yn y ffrij."

Mi roddodd Enid gusan i Edgar ar ei foch cyn iddo fo gau'r drws a chychwyn am ei waith.

Ddaru Edgar ddim gweld Beryl yn y gwaith y diwrnod hwnnw. Roedd dydd Gwener yn un o'r diwrnodia prysura ac roedd o wedi bod allan yn dilifrio drwy'r dydd. Ddaru o ddim meddwl amdani hi chwaith.

Y peth cynta ddaru Edgar ar ôl dod adra o'i waith oedd mynd i'r ffrij i nôl can o gwrw. Mi edrychodd o ar yr ham am eiliad wrth dynnu'r can oddi ar y silff cyn cau'r drws. Mi ddarllenodd o ei bapur newydd wrth yfed y cwrw. Wedyn mi darodd y teledu ymlaen er mwyn cael rhagolygon y tywydd am y penwythnos. Doeddan nhw ddim yn gaddo ryw lawar. Mi yfodd Edgar gan arall. Mi ddiffoddodd o'r teledu cyn agor y trydydd can a rhoi cynnig ar y croesair, ond roedd o'n rhy anodd. Mi gerddodd o rownd y stafelloedd a'r llofftydd ddwywaith cyn newid i'w ddresing-gown a thywallt wisgi bach iddo fo'i hun.

Tua deng munud i naw oedd hi pan ddaru Edgar ddechra meddwl am Beryl. Mi gododd o'i gadair a deialu'r rhifa ar y ffôn. Mi ganodd y ffôn deirgwaith cyn i Edgar roi'r risifyr yn ôl yn ei le, yna mi dywalltodd o wisgi mawr iddo fo'i hun cyn mynd yn ôl ar y ffôn a gadael iddo fo ganu.

"Helô? Pwy sy 'na?" medda Beryl.

"Fi," medda Edgar.

"Fi pwy?"

"Y fi – Edgar."

"Gwranda, fedra i'm dy weld di heno – dwi'n yddyrweis ingêjd, os ti'n gwbod be dwi'n feddwl."

"Be am fory 'ta?"

"Ma' fory'n iawn. Faint o'r gloch?"

"Hannar dydd."

"Yn lle?"

"Yn fan hyn – 'sa well i chdi ddŵad drw'r cefn."

" 'Ddylias i 'rioed 'sa chdi'n ddigon o foi," medda Beryl.

"Dwi'n dipyn o foi," medda Edgar.

Tua deg o'r gloch bore dydd Sadwrn mi aeth Edgar i'r *off-licence* i brynu potel o siampên. Roedd o'n eu gweld nhw'n ddrud ddiawledig, ond wedi derbyn cyngor y siopwr mi setlodd o am un gwerth decpunt. Mi brynodd botel o wisgi hefyd.

Wedi i Edgar gyrraedd adra mi dynnodd o'r *spider plant* allan o'i botyn pridd a llenwi'r potyn efo'r rhew roedd o wedi ei baratoi y noson cynt. Mi darodd y botel siampên yng nghanol y rhew a gosod dau wydryn bob ochr i'r potyn ar y bwrdd. Wedyn mi yfodd o ddau wisgi mawr.

Am bum munud i hannar dydd mi glywodd Edgar sŵn ei sodla hi'n dod i fyny'r llwybr cefn. Roedd o wedi gadael y drws yn gilagored ac mi gerddodd Beryl i mewn heb na chnoc na "Iw-hw".

"Ti'n fwy o foi nag o'n i'n feddwl," medda hi gan sbio ar y siampên.

"Dwi'n sym boi," medda Edgar.

Mi fuodd y ddau'n sgwrsio am tua hanner awr. Doedd Edgar ddim wedi sylwi o'r blaen bod un o lygaid Beryl fymryn yn groes. Roedd o'n licio hynny.

"Reit 'ta," medda Beryl wedi iddyn nhw wagio'r botel siampên, "yn lle w' tisho'i neud o? Yn fan hyn ta i fyny staer?"

"I fyny staer," medda Edgar.

Mi gaeodd Edgar y cyrtans yn y llofft gefn a tharo'r *ash-tray* ar y bwrdd bach wrth ochr y gwely. Wedyn mi dynnodd y ddau eu dillad.

"Fel hyn fydda i'n ei licio hi," medda Beryl wrth iddi osod ei dwy benelin ar y gobennydd. "Ti'n meddwl fedri di fanijo fo fel hyn?"

"Dwi'n ama dim na fedra i," medda Edgar.

"Ma' raid bo' chdi'n dipyn o foi," medda Beryl.

"Dwi'n uffar o foi," medda Edgar.

Mi ddechreuodd o reit ddel, yna mi ollyngodd Beryl rech ac mi gollodd Edgar ei awydd.

"Be sy?" medda Beryl.

"Dwn 'im," medda Edgar.

Mi drodd hi ei phen ac edrych ar Edgar.

"Dw't ti'n da i ddim i mi fel'na," medda Beryl.

"Nac'dw," medda Edgar.

Mi ddaru nhw wisgo a mynd lawr staer. Mi dywalltodd Edgar wisgi i ddau wydryn. Roedd Beryl eisiau dŵr ar ei hun hi.

"Sgen ti awydd trio eto?" medda Beryl wedi iddi orffen yfed y wisgi. "Dwi'm ar hast i fynd i nunlla."

"Na, dwi'm yn meddwl," medda Edgar.

"Ti'm llawar o foi, nag wyt?" medda Beryl.

"Nac'dw, dwi'm llawar o foi," medda Edgar.

Mi gododd Edgar ben bore dydd Sul a thaflu'r ham ar do'r cwt. Mi eisteddodd o ar stepan y drws cefn am sbel a disgwyl nes i ddwy neu dair o wylanod lanio ar y to a chario'r cig oddi yno. Wedyn mi aeth o i'r tŷ. Mi dywalltodd y dŵr allan o'r potyn pridd a gosod y *spider plant* yn ôl yn ei le.

Mi glywodd Edgar Enid yn dod i mewn drwy'r drws ffrynt tua hannar awr wedi wyth y noson honno, yna mi glywodd o hi'n agor drws y ffrij.

"Ma'n dda 'mod i 'di gadal yr ham 'na i chdi," medda Enid o'r gegin gefn.

Ddaru Edgar ddim ateb.

Mi wnaeth Enid banad bob un i'r ddau. Wedyn mi aeth hi i fyny staer i ddadbacio. Yn y man mi aeth Edgar i fyny i'w chanlyn.

"Be fuas di'n neud efo chdi dy hun 'ta?" medda Enid wedi iddi ddiffodd y gola bach uwchben y gwely.

"'Run peth ag arfar, 'sti," medda Edgar wrth Enid cyn gosod ei fraich o dan ei phen a thynnu'r cwilt i fyny at ei ên.

Nodyn am y Cyfranwyr

Wiliam Owen Roberts: O Garndolbenmaen, Eifionydd, yn wreiddiol ond yn byw yng Nghaerdydd ers 1984. Cyhoeddodd *Bingo!* yn 1985, *Y Pla* yn 1987 a *Hunangofiant* yn 1990. Mae ei waith gwreiddiol ar gyfer y teledu yn cynnwys *Teulu'r Mans* (ar y cyd â John Pierce Jones) *Pris y Farchnad* ac *Y Parc*.

Dafydd Morgan Lewis: Yn wreiddiol o'r Foel, Sir Drefaldwyn. Bellach mae'n byw yn Aberystwyth ac yn gweithio i Gymdeithas yr Iaith Gymraeg ers 1988. Ei unig orchest lenyddol hyd yn hyn fu ennill ar y parodi yn Eisteddfod Genedlaethol yr Urdd yn Llanidloes 1970!

Shoned Wyn Jones: Yn enedigol o Ddyffryn Ogwen, wedi treulio peth o'i magwraeth yn Ynys Môn, mae bellach yn byw yn Nhregarth. Mae'n bennaeth yr Adran Gymraeg yn Ysgol John Bright Llandudno. Cyhoeddodd ei nofel gyntaf, *Fory Ddaw*, yn 1989 a'i hail nofel, *Adlais*, yn 1991. Cyhoeddir y stori yn y gyfrol hon er cof am y diweddar Athro Bedwyr Lewis Jones.

Eirug Wyn: Yn enedigol o Lanbryn-mair ond bellach wedi ymgartrefu yn Y Groeslon, Caernarfon. Mae'n awdur ac ymchwilydd llawn amser. Eisoes cyhoedd-odd gyfrol o straeon byrion, *Y Drych Tywyll,* a thair nofel: *Smôc Gron Bach* a enillodd Wobr Goffa Daniel Owen yn Eisteddfod Genedlaethol Nedd a'r Cyffiniau yn 1994, *Lara* (1995) ac *Elvis: Diwrnod i'r Brenin* a gyhoeddwyd y llynedd.

Lona Gwilym: Cafodd ei geni a'i magu ym Machynlleth, ac mae'n dal i fyw yn yr ardal. Graddiodd yn y Gymraeg o Brifysgol Aberystwyth. Cyhoeddodd sawl stori fer ac erthygl mewn amrywiaeth o gylchgronau, ac mae ganddi golofn yn *Y Llan*, cylchgrawn yr Eglwys yng Nghymru. Mae'n llyfrgellydd wrth ei galwedigaeth.

Meleri Roberts: Cafodd ei geni a'i magu yn Llannerch-y-medd, Ynys Môn. Ar ôl graddio ym Mhrifysgol Aberystwyth, dychwelodd i Fôn fel athrawes Gymraeg yn Ysgol David Hughes, Porthaethwy. Mae wedi cystadlu gryn dipyn yn eisteddfodau Mudiad y Ffermwyr Ieuainc, yr Urdd a'r Genedlaethol.

Harri Pritchard Jones: Mae ei bymthegfed gyfrol yn y wasg, yn nofelau a chyfrolau o storïau byrion yn bennaf. Fe gyfieithwyd ei waith i bum iaith a darlledwyd ei storïau ar Radio Cymru, Radio 3 a 4, ac yn Sgandinafia. Lluniodd nifer o ffilmiau a rhaglenni ac addasiadau i deledu. Mae'n awdur llawn-amser ac yn byw yn y brifddinas.

Elena Gruffudd: O Drefor, Caernarfon yn wreiddiol, ond mae bellach wedi ymgartrefu yn Aberystwyth. Hi yw golygydd Y Lolfa ar hyn o bryd, ond mae ar fin mentro ar ei liwt ei hun fel golygydd, ymchwilydd ac awdur. Cyhoeddodd bedair cyfrol o chwedlau gwerin i blant yn y gyfres *Straeon Cymru* (Gwasg Carreg Gwalch) a bu hefyd yn gyfrifol am olygu a chasglu cerddi *Dros Ben Llestri.*

Gwyneth Carey: Merch y Siop, Pentrefoelas. Graddiodd mewn meddygaeth o Brifysgol Lerpwl a bu'n byw oddi allan i Gymru wedyn am rai blynydd- oedd. Ymddeolodd yn 1989. Astudiodd am radd allanol ym Mhrifysgol Aberystwyth gan raddio y llynedd. Dechreuodd ymhel â sgrifennu'n greadigol yn dilyn cwrs yng Nghanolfan Tŷ Newydd, Llan- ystumdwy.

Siân Prydderch Huws: Yn wreiddiol o Fodedern, Sir Fôn, mae bellach yn byw ac yn gweithio yn Aberystwyth i Adran Deledu a Radio Cwmni Premiere Cymru Wales. Enillodd Fedal Lenyddiaeth Eisteddfod Genedlaethol Urdd Gobaith Cymru Abertawe a Lliw yn 1993.

Mair Wynn Hughes: Yn enedigol o Fryncir, Eifionydd. Addysgwyd yn Ysgol Dyffryn Nantlle a'r Coleg Normal. Bu'n wraig fferm ym Mhentraeth, Ynys Môn, ac mae'n dal i fyw yn yr un ardal, wedi ymddeol. Ei phrif ddiddordeb yw sgrifennu i blant a'r arddegau. Enillydd gwobr Tir na n-Og deirgwaith: 1984 *Y Llinyn Arian,* 1990 *Llygedyn o Heulwen,* 1996 *Coch yw Lliw Hunllef.*

Twm Miall: Daw'n wreiddiol o Drawsfynydd ond mae'n byw yng Nghaerdydd ers rhai blynyddoedd bellach. Daeth yn awdur llawn amser yn 1985. Cyhoeddwyd dwy nofel o'i eiddo, *Cyw Haul* a *Cyw Dôl* ac mae o hefyd yn sgrifennu ar gyfer y llwyfan yn ogystal â'r teledu.

Yn yr un gyfres:

Allan eisoes: **SBECTOL GAM** a **MWYS A MACÂBR—TRAWMA TRAMOR** i ddilyn at Nadolig '97! Pris £5.95 yr un.

LYN EBENEZER
Noson yr Heliwr

Cyfres Datrys a Dirgelwch

Pan ddarganfyddir corff myfyrwraig ger yr harbwr yn nhref brifysgol, Aber, mae'r Athro Gareth Thomas yn cynnig helpu'r Arolygydd Noel Bain i ddod o hyd i'r llofrudd. Nofel o'r ffilm o'r un enw.

£5.50   0 86243 317 7

DYFED EDWARDS
Dant at Waed

Nofel iasoer am Tania a'i chriw sy'n bodloni eu chwant am waed yng nghylbiau nos y ddinas: cyfrol gyffrous sy'n hyrddio'r nofel Gymraeg i faes cwbl newydd.

£5.95   0 86243 390 8

ROBAT GRUFFUDD
Crac Cymraeg

Nofel newydd swmpus, afaelgar am y Gymru gyfoes yn symud rhwng pentref Llangroes, Bae Caerdydd, Nefyn, Caer, Llundain, ac ynysoedd Groeg…

£7.95   0 86243 352 5

MABLI HALL
Ar Ynys Hud

Dyddiadur Cymraes ifanc sy'n mynd i weithio mewn gwesty ar Ynys Iona. Ychwanegir at naws hudolus y gwaith gan luniau pin-ac-inc Arlene Nesbitt.

£4.95   0 86243 345 2

Mwy o lên gyfoes o'r Lolfa!

ANDROW BENNETT
Dirmyg Cyfforddus
Ar wyliau yng Nghymru y mae Tom pan ddaw ar draws Anna,
Americanes nwydus, dinboeth yn wir. . . Ie, hon yw hi – y nofel
erotig gyntaf yn Gymraeg!
£6.95   0 86243 325 8

MARTIN DAVIS
Brân ar y Crud
Pwy sydd ag achos i ddial ar y Cynghorydd Ted Jevans, un o
bileri'r gymdeithas? Wrth ddadlennu'r ateb mae'r awdur yn codi'r
llen ar fyd tywyll, bygythiol yn llawn cyfrinachau rhywiol. . .
£5.95   0 86243 350 9

ELIS DDU
Post Mortem
Gweledigaeth uffernol o ddoniol o'r Gymru Hon – yn llythrennol
felly: campwaith unigryw sy'n siŵr o ennyn ymateb o Fôn i
Fynwy!
£5.95   0 86243 351 7

GLYN EVANS
Jyst Jason
O sedd ôl Morris Mil i sedd ffrynt y Myrc coch, taith ddigon egr a
gafodd Jason Gerwyn ar hyd ei oes fer…cyfrol frathog yn llawn
pathos a dychan.
£4.95   0 86243 398 3

MELERI WYN JAMES
Stripio
Casgliad o storïau bachog, tro-yn-y-gynffon gan awdur ifanc.
£4.95   0 86243 322 3

TWM MIALL
Cyw Haul
Nofel liwgar am lencyndod mewn pentref gwledig ar ddechrau'r
saithdegau. Braf yw cwmni'r hogia a chwrw'r Chwain, ond dyhead
mawr Bleddyn yw rhyddid personol. . . Clasur o lyfr o ysgogodd
sioe lwyfan a ffilm deledu. Ailargraffiad 1994.
£4.95   0 86243 169 7

MIHANGEL MORGAN
Saith Pechod Marwol
Cyfrol o straeon byrion hynod ddarllenadwy. Mae'r arddull yn
gynnil, yr hiwmor yn ffraeth ond yna'n sydyn sylweddolwn nad
yw realiti fel yr oeddem wedi tybio o gwbwl. . . *Rhestr Fer Llyfr y
Flwyddyn 1994.*
£5.95   0 86243 304 5

ELERI LLEWELYN MORRIS
Genod Neis
Dwsin o straeon syml, crefftus. Mae gan y cymeriadau eu hofnau
a'u siomedigaethau ond mae ganddynt hefyd hiwmor ac afiaith
iachus. . .
£4.95   0 86243 293 6

JOHN OWEN
Pam Fi, Duw, Pam Fi?
Darlun, trwy lygaid disgybl, o fywyd yn un o ysgolion uwchradd
dwyieithog de Cymru; yr iaith mor *zany* â'r hiwmor. Enillydd
Gwobr Tir na n-Og 1995; bellach yn gyfres deledu lwyddiannus.
£5.95   0 86243 337 1

ANGHARAD TOMOS
Titrwm

Nofel farddonol am ferch fud-a-byddar sy'n ceisio mynegi cyfrinachau bywyd i'r baban sydd yn ei chroth. . .

£4.95   0 86243 324 X

URIEN WILIAM
Cyffur Cariad

Cyfres Datrys a Dirgelwch

Mae Lyn Owen, swyddog tollau, yn ymholi i mewn i farwolaeth amheus merch a garai, a'r ymchwil yn ei arwain i'r Andes, ac i borthladdoedd lliwgar Cyprus. . .

£4.95   0 86243 371 1

MARCEL WILLIAMS
Cansen y Cymry

Nofel hwyliog wedi'i lleoli yng nghefn gwlad Cymru pan oedd gormes y *Welsh Not* ac arolygwyr ysgolion fel y merchetwr Matthew Arnold yn dal yn hunllef byw. . .

£4.95   0 86243 284 7

EIRUG WYN
Elvis—Diwrnod i'r Brenin

Y gwir a'r gau, y cyhoeddus a'r preifat, y golau a'r tywyll am Elvis mewn nofel sy'n croesholi a chroeshoelio;r eilun poblogaidd.

£4.95   0 86243 389 4

EIRUG WYN
Smôc Gron Bach

Mae criw o wŷr busnes am chwalu rhes o dai er mwyn codi stiwdio deledu: nofel gyffrous sydd hefyd yn trin y gwrthdaro rhwng safonau hen a newydd. . . *Gwobr Goffa Daniel Owen 1994.*

£4.95   0 86243 331 2

Dim ond detholiad cyfyng a welir yn y tudalennau blaenorol.
Am restr gyflawn o'n holl lyfrau llenyddol a chyffredinol
mynnwch eich copi rhad o'n Catalog newydd, lliw-llawn, 48-
tudalen—neu hwyliwch i mewn iddo ar y We Fyd-eang!

TALYBONT CEREDIGION CYMRU SY24 5HE
e-bost ylolfa@netwales.co.uk
y we http://www.ylolfa.wales.com/
ffôn (01970) 832 304
ffacs 832 782